OETINGER TASCHENBUCH

Paul Maar, 1937 in Schweinfurt geboren, studierte Malerei und Kunstgeschichte. Heute lebt er als freier Autor und Illustrator in Bamberg. Er ist einer der bedeutendsten Kinder- und Jugendschriftsteller deutscher Sprache, Autor zahlreicher Kinder- und Jugendbücher, Funkerzählungen, Kindertheaterstücke und Illustrator. Zu seinen beliebtesten und meistgelesenen Werken gehören Lippels Traum, Das kleine Känguru und natürlich die Geschichten vom Sams. Paul Maar wurde mit vielen namhaften Preisen ausgezeichnet, u. a. mit dem Deutschen Jugendliteraturpreis und dem Sonderpreis des Deutschen Jugendliteraturpreises für sein Gesamtwerk.

Paul Maar

Wiedersehen mit Herrn Bello

Mit Illustrationen von Ute Krause

Oetinger Taschenbuch

Außerdem von Paul Maar bei Oetinger Taschenbuch erschienen

Herr Bello und das Blaue Wunder (Band 1)
Neues von Herrn Bello (Band 2)
Lippels Traum
Eine Woche voller Samstage (Band 1)
Am Samstag kam das Sams zurück (Band 2)
Neue Punkte für das Sams (Band 3)

MIX
Papier aus verantwortungsvollen Quellen
FSC® C014496
www.fsc.org

3. Auflage 2017
Oetinger Taschenbuch in der Verlag Friedrich Oetinger GmbH,
Poppenbütteler Chaussee 53, 22397 Hamburg
November 2012

Umschlagbild und Illustrationen: Ute Krause
Druck: GGP Media GmbH, Karl-Marx-Straße 24,
07381 Pößneck, Deutschland
ISBN 978-3-8415-0193-6

www.oetinger-taschenbuch.de

KAPITELFOLGE

1.

Bello hat Sorgen

Bello erzählt

Am Tag vor gestern war ich mit Max in der Stadt. Es war sehr spannend, es gab einige neue Gerüche zu schnüffeln. Auch einen ganz ungeschämten. Ich wollte sagen: einen ganz unverschämten. An der Ecke neben unserer Haustür hatte nämlich ein anderer Hund hingepinkelt. Ich hob mein Bein und löschte seinen Geruch durch meinen aus. Das ist schließlich mein Revier. Da hat außer mir kein Hund was zu suchen.

Unterwegs trafen wir auch ein paar andere Hunde. Ein Schnauzer war ziemlich grob und bellte mich an. Dabei hatte ich ihm nichts getan. Da musste ich zurückbellen. Obwohl Max immer grinst und Bemerkungen macht, wenn ich mich bei anderen Hunden wie ein Hund benehme.

»Bello, du bist zwar perfekt zweisprachig. Aber mir kommt es immer so vor, als ob du gar nichts sagen willst, wenn du den anderen Hunden etwas zubellst!«, sagte er. »Denn als eine richtige Sprache kann man dieses Wau, wau, wau ja nicht bezeichnen. Oder?«

Ich sagte nichts darauf. Ich soll ja in der Offenlichkeit sowieso nicht reden. Ich meine: in der Öffentlichkeit.

Die meisten Hundekollegen sind freundlich und wollen mit mir rennen. Aber irgendwie fühle ich, dass ich nicht mehr dazugehöre. Das Dumme ist, dass ich auch nicht zu den Menschen gehöre. Welcher Mensch hat schon ein Fell und geht auf vier Beinen! Trotzdem komme ich gut mit anderen Hunden aus.

Schwierig wird's nur mit den Menschen. Besonders, wenn sie klein sind. In der Stadt kam uns ein ganzes Rudel von Kleinen entgegen. Ihr Herrchen hatte sie Gassi geführt.

»Der heißt nicht Herrchen, sondern Lehrer«, hat mir Max erklärt, als sie wieder weg waren und ich mich bei ihm über sie beschwerte. »Das war eine Schulklasse. Die machen einen Ausflug.«

»Die machen keinen Ausflug, die machen sich über Hunde lustig!«, sagte ich. »Das geht jeden Tag so. Das geht mir langsam auf die Larven!«

»Auf die Nerven, meinst du«, verbesserte mich Max. »Und sprich nicht so laut. Auch wenn niemand in der Nähe ist.«

Max erzählt

Als wir zu Hause ankamen, war Bellos Laune nicht besser geworden. Und wenn er schlechte Laune hat, kann er nicht still sitzen. Also marschierte er im Zimmer hin und her, einmal hin, einmal her, noch mal hin, noch mal her. Von der Kinderzimmertür zum Fenster, vom Fenster zur Tür. Immer hin und her.

Ich saß an meinem Schreibtisch und machte Hausaufgaben. Das heißt: Ich versuchte, Hausaufgaben zu machen. Bellos Hin- und Hergelaufe störte mich ganz gewaltig. Ich legte den Füller weg und sagte: »Jetzt setz dich endlich mal hin!« Und weil Bello weiter auf und ab ging, befahl ich: »Sitz, Bello, sitz!«

Aber mein Hund dachte nicht daran, still zu sitzen!

Bello erzählt

Bello, sitz! So kann man vielleicht mit einem Hund reden. Aber nicht mit einem Freund! Ich tat so, als wäre ich nicht gemeint.

Max merkte, dass er es anders sagen musste. Er sagte: »Komm doch mal her, Bello! Was ist denn nur los mit dir?«

Das war schon viel freundlicher. Ich setzte mich neben ihn auf den Teppich und legte meinen Kopf auf seine Knie. Er streichelte mir übers Fell und fragte noch mal: »Was ist denn los? Was hast du denn?«

Ich sagte: »Das mit meinem langen rechten Ohr ist ja noch auszuhalten ...«

»Ja, das finde ich auch«, sagte Max.

»Aber listig ist es schon!«, schimpfte ich.

»Meinst du lustig?«, fragte Max.

»Nein«, sagte ich. Wenn ich aufgeregt bin oder eine Wut habe, fallen mir nie die richtigen Wörter ein. Oder ich sage etwas anderes, als ich denke. Meistens hilft es, wenn ich mich erst mal mit dem Hinterbein am Ohr kratze.

»Nein, es ist lästig«, sagte ich, als mir endlich das richtige Wort eingefallen war. »Sehr lästig. Die Langen sagen meist nichts, sondern gucken mich nur doof an.«

»Die Erwachsenen«, sagte Max.

»Ja, die langen Erwachsenen. Aber die Kurzen ...«

»Die Kinder«, sagte Max.

Ständig muss er mich verbessern. Dabei ist doch alles klar. Oder hat man schon mal einen kurzen Erwachsenen gesehen?

»Ja, die Kinder«, wiederholte ich. »Die können einfach ihren Mond nicht halten.«

»Du meinst den Mund«, verbesserte Max. »Der Mond ist der gelbe Ball, der nachts am Himmel steht.«

Als ob ich das nicht wüsste! Wie oft habe ich schon den Mond angesungen.

»Ja, ja«, sagte ich. »Ich habe mich eben versprochen. Die können also den Mund nicht halten. Sie schreien gleich los: ›Mama, guck mal den komischen Hund! Der hat ein langes und ein kurzes Ohr!‹ Oder sie sagen zu mir: ›Was bist du denn für ein witziger Hund? Was ist denn mit deinem linken Ohr passiert, das ist ja ganz kurz.‹ Am liebsten würde ich denen sagen: ›Du redest vielleicht einen Mist. Nicht das linke Ohr ist zu kurz. Das rechte ist zu lang. Das hat mir ein gewisser Herr Melchior so lang gezaubert.‹ Aber ich darf ja nur sprechen, wenn wir zwei allein sind.«

»Das stimmt nicht ganz«, sagte Max. »Mit Papa und Verena darfst du auch reden. Natürlich nur, wenn kein anderer zuhören kann.«

»Und jetzt geht es auch noch mit meinem Fell los«, sagte ich. »Jetzt schreien sie: ›He, Mama, guck mal den komischen Hund! Was ist denn mit dem? Ist der in einen Farbeimer gefallen?‹ Ich mag es nicht, wenn sie sich über mich lustig machen.«

»Ja, du bist dann immer stinkesauer«, bestätigte Max.

»Stinkesauer? Wie merkst du das?«, fragte ich.

Max lachte. »Du knurrst dann.«

»Ich knurre? Ehrlich?«, fragte ich.

»Und wie!«

»Knurre ich wie ein Hund oder wie ein Mönsch?«, fragte ich. Ich merkte gleich, dass ich mich wieder mal versprochen hatte, und sagte: »Knurre ich wie ein Mensch?«

»Nein, wie ein Hund«, sagte Max. »Du bist ja auch einer.«

Max erzählt

Eine Weile war Bello still und schaute vor sich hin. Er überlegte wohl.

»Bin ich wirklich ein Hund?«, fragte er dann und guckte zu mir hoch.

»Ja, klar«, sagte ich. »Du hast ein Fell, eine Schnauze, gehst auf vier Beinen und … und …«

»… und kannst reden. Und denken«, sagte Bello. »Spricht ein normaler Hund in der Menschensprache? Versteht ein normaler Hund alles, was du sagst?«

»Du hast ja recht«, musste ich zugeben. »Aber was bist du dann, wenn du kein Hund sein willst? Ein Hundemensch?«

»Von außen bin ich der Hund Bello. Innerlich der Herr Bello, der ich mal war«, sagte Bello. »Der Hund Bello kann gut riechen. Sehr gut riechen. Er schnüffelt an jeder Laterne. Er kaut gern an einem Knochen. Er bellt andere Hunde an und kann sich mit dem Fuß hinterm Ohr kratzen. Der innerliche Herr Bello hat oft überhaupt keine Lust, anderen Hunden nachzurennen. Oder die Nase in die Erde zu bohren, weil da mal eine Maus gelaufen ist. Aber Bello ist stärker und bestimmt immer, was zu tun ist. Herr Bello kann nichts dagegen tun.«

Ich nickte. Ich konnte Bello gut verstehen. Irgendwie ging es mir ja ähnlich.

»Bei mir ist es auch oft so«, sagte ich. »Nur dass es bei mir kein innerlicher Hund ist, der sich gegen Max durchsetzt. Das ist eher mein innerlicher Affe, der oft was anderes macht, als ich eigentlich müsste.«

Bello fragte: »Ehrlich? Warst du mal ein Affe?«

»Ja, vor Millionen von Jahren«, sagte ich und lachte.

»Da war Max aber noch ganz klein«, sagte Bello.

Ich musste wieder lachen. »Bello, du kannst zwar sprechen wie ein Mensch«, sagte ich. »Aber von Zahlen hast du keine Ahnung. Millionen von Jahren, das ist ganz, ganz, ganz lange her. Da wurden aus Menschenaffen gerade mal Affenmenschen.«

»Haben die auch von dem blauen Saft getrunken und sind verwandelt worden?«, wollte Bello wissen.

Ich lachte noch lauter. Bello war beleidigt.

Bello erzählt

Ja, ich war richtig sauer und sagte: »Ein Freund lacht nicht über seinen Freund! Ich mag es nicht, wenn man sich über mich lustig macht. Egal ob man lacht, weil ich nücht rechnen kann oder weil ein Ohr länger ist als das andere.«

»Du bist da überempfindlich«, sagte Max. »Ich hab noch nie mitbekommen, dass man über dein langes Ohr lacht.«

»Aber sie lachen. Und über mein grünes Fell lachen sie noch mehr«, sagte ich.

Max beugte sich zu mir herunter und betrachtete mich genau. »Jetzt übertreibst du aber gewaltig«, sagte er dann. »An deinen Pfoten wird das Fell ein bisschen grün, das ist alles.«

»Nicht nur an meinen Füßen«, sagte ich und legte mich auf den Rücken, damit Max meinen Bauch sehen konnte.

»Es stimmt«, gab Max zu. »Die Haare da unten sind hellgrün. Aber das sieht man nur, wenn du auf dem Rücken liegst.«

»Es werden aber immer mehr grüne Haare«, sagte ich. »Am Tag vor gestern war der Bauch noch nicht grün. Morgen sieht mein Rücken vielleicht schon aus wie eine Wiese. Wenn das so weitergeht, bin ich in einer Woche so grün wie ein Eichhörnchen.«

»Soviel ich weiß, sind Eichhörnchen braun oder schwarz«, sagte Max.

»Ich meine ja auch das andere Tier, das mit Ei anfängt«, sagte ich. Ich dachte kurz nach, kratzte mich hinterm Ohr und schon fiel es mir ein. »Wie eine Eidechse«, sagte ich.

»Woran liegt das nur?«, fragte Max. »Kann es sein, dass du bei Herrn Melchior zu wenig von dem Merkurialwasser getrunken hast?«

»Ich habe viel getrunken. Obwohl das Zeug schüsslig geschmeckt hat«, sagte ich. Und schnell, bevor Max mich wieder verbessern konnte, sagte ich: »Ich meine natürlich scheußlich. Oberscheußlich. Eklig!«

Max erzählt

Der blaue Saft von Herrn Melchior hatte also Nachwirkungen. Und das nach Wochen. »Das hätte ich nie gedacht«, sagte ich. »Das ist schlecht. Ganz schlecht!«

Bello kratzte sich hinter dem langen Ohr und sagte dann: »Hoffentlich wirkt der zweite Saft nicht auch nach und meine Ohren werden wieder so lang wie ein Handtuch. Ich spüre nämlich, dass der dritte Saft auch nachwirkt.«

»Der dritte Saft? Der hat doch gemacht, dass du reden kannst wie ein Mensch«, sagte ich.

»Genau!«, sagte Bello. »Ich spreche immer besser. Ich verspreche mich gar nicht mehr.«

Gar nicht mehr? Das war ja reichlich übertrieben.

»Du meinst wahrscheinlich: *fast* gar nicht mehr«, sagte ich.

»Ruf doch mal bei Herrn Melchior an und frag, was man dagegen tun kann«, schlug Bello vor.

Ich verstand erst nicht, was er meinte, und fragte: »Gegen die Versprecher?«

»Nein. Dagegen, dass mein Fell wieder farbig wird«, antwortete Bello.

Ich stellte mir Herrn Melchior vor, wie er in seinem Turm saß und irgendwelche Formeln aufs Papier schrieb. Anrufen war zwecklos. Ganz davon abgesehen, dass er dort oben gar kein Telefon hatte. »Herr Melchior geht nie ans Telefon«, sagte ich. »Das weißt du doch auch.«

»Na gut, dann fahren wir eben wieder zu ihm hin«, sagte Bello. »Dann muss er mir noch mal diesen schüssligen Saft zu trinken geben.«

Ich dachte nach. »Herr Melchior hat den Saft gebraut, damit du wieder ein Mensch wirst. Das hat nicht geklappt und du bist ein sprechender Hund geworden. Wenn du noch mal den Saft trinkst, wirst du vielleicht wieder ein Mensch. Willst du das?«

Nun überlegte Bello. »Lieber ein Mensch, über den niemand lacht, als ein Hund, über den sich alle listig machen. Ich meine: lustig machen.«

»Wir können nicht einfach in einen Zug steigen und zu Herrn Melchior fahren«, sagte ich.

»Warum nicht?«

»Erstens fangen die Herbstferien erst in fünf Tagen an. Ich will nicht noch mal die Schule schwänzen.«

»Und zweitens?«, fragte Bello.

Ich wollte es erst nicht sagen. Aber Bello war hartnäckig und fragte nach. »Und zweitens? Wenn einer erstens sagt, gibt es auch ein Zweitens.«

»Und zweitens habe ich jemanden eingeladen. Ein Mädchen aus unserer Klasse. Sie heißt Selina. Sie hat mich gefragt, ob ich in ihr Freundschaftsbuch schreiben will. Das darf nicht jeder aus der Klasse. Sie kommt am Donnerstag zu Besuch«, sagte ich.

Bello machte nur »Aha!«.

Ich fragte: »Was heißt ›aha‹?«

»Aha heißt aha und weiter nüchts«, antwortete Bello.

»Ich habe ihr erzählt, dass ich einen Hund habe, der Bello heißt«, sagte ich. »Sie will dich kennenlernen. Du hast doch nichts dagegen, oder?«

Bello schüttelte den Kopf. »Nein, nichts dagegen«, sagte er.

»Eine Bitte habe ich dabei. Du darfst auf keinen Fall sprechen, verstehst du? Das würde sie sonst erschrecken«, sagte ich. »Gleich beim ersten Besuch ein sprechender Hund im Zimmer.«

»Bello schweigt so still wie ein toter Füsch«, versprach er. »Und wenn diese Selina wieder weg ist, fahren wir zu Herrn Melchior!«

»Nicht gleich. Erst in den Ferien. Falls Papa es überhaupt erlaubt«, sagte ich.

»Meinst du, Papa Sternheim erlaubt es nücht?«, fragte Bello.

»Wahrscheinlich erlaubt er es«, sagte ich. »Vielleicht aber auch nicht!«

»Wahrscheinlich, wahrscheinlich!«, knurrte Bello. »Es gibt

nur ein Wort, das ich noch doofer finde als wahrscheinlich.«

»Welches?«, fragte ich.

»Vielloicht!«, sagte er.

»Du meinst wahrscheinlich vielleicht«, verbesserte ich.

»Höchstwahrschoinlich!«, antwortete Bello und grinste dabei über seine ganze breite Hundeschnauze.

BELLO:
Und höchstwahrscheinlich muss jetzt erst mal erzählt werden, weshalb ich die Menschensprache spreche. Warum mein Fell immer grüner wird. Und wer dieser Herr Melchior ist, zu dem ich unbedingt fahren will.

Das soll am besten Max erzählen.

MAX:
Weshalb ich?

BELLO:
Weil sich Max nicht so oft versprücht!

2.

Max erzählt die Vorgeschichte

Ich heiße Max Sternheim. Meinem Vater gehört die Sternheim'sche Apotheke in der Löwengasse. Meine Mutter ist schon vor vielen Jahren ausgezogen. Papa und sie haben sich scheiden lassen. Mama lebt jetzt mit einem neuen Mann in Australien.

Und jetzt soll ich also erzählen, was bisher geschah, sagt Bello. Na gut. Ich will versuchen, es ganz kurz zu machen. Einzelheiten lasse ich einfach weg und erzähle nur das Wichtigste.

Es fing damit an, dass eine alte Frau in Papas Apotheke kam und ihm eine Flasche mit einer blauen Flüssigkeit schenkte. Mit einem Elixier, wie sie es nannte. Sie sagte, den blauen Saft habe sie von meinem Urgroßvater, der als »Magier aus der Löwengasse« bekannt war.

Die Flasche mit dem blauen Elixier fiel zu Boden, zerbrach und Bello, mein Hund, hat das blaue Zeug einfach aufgeschlabbert.

Was weder Papa noch ich wussten: Die blaue Flüssigkeit war ein Wundermittel. Sie verwandelte den Hund Bello in einen Menschen. In »Herrn Bello«, wie er sich nun nannte.

Herr Bello wurde mein bester Freund. Wir mochten uns

und unterhielten uns stundenlang, wenn Papa unten in der Apotheke war und keine Zeit für mich hatte. Manchmal ließen wir einfach das Essen stehen, das Papa vorbereitet hatte, und kochten uns Spezialgerichte. Zum Beispiel die Pizza mit dreifachem Belag, Salami, Schinken und Wiener Würstchen, geriebenem Käse, mit einer nicht zu kleinen Portion Ketchup, gut durchgebacken bei 180 Grad auf der mittleren Backofen-Schiene – aber ich wollte ja nur das Wichtigste erzählen!

Viel wichtiger ist, dass die Wirkung des blauen Elixiers leider nachließ. Nach ungefähr zwei Wochen wurde Herr Bello wieder zum Hund Bello.

Inzwischen war bei uns im Haus Verena Lichtblau eingezogen. Papa und Verena wurden ein Paar und wir wohnen jetzt zu dritt zusammen: Papa, Verena und ich. Und natürlich Bello.

Dann muss ich erzählen, dass wir noch eine kleine Flasche mit der blauen Flüssigkeit bei der alten Frau fanden und so den Hund Bello wieder in Herrn Bello verwandeln konnten. Immer wenn Herr Bello spürte, dass er sich gleich in einen Hund zurückverwandeln würde, musste er nur schnell einen Schluck von dem blauen Saft trinken. Dann blieb er ein Mensch.

Schließlich war nichts mehr von dem blauen Saft da. Wir forschten nach, ob mein Urgroßvater vielleicht das Rezept des blauen Saftes irgendwo aufgeschrieben hatte. Bei dieser Gelegenheit lernte ich meinen Großonkel Astor kennen, von dem ich vorher nie etwas gehört hatte.

Onkel Astor war früher Apotheker gewesen. Er musste als junger Mann irgendwas Schlimmes angestellt haben, denn er wurde damals von der Polizei gesucht. Was er gemacht hatte, habe ich nicht rausgekriegt. Ich habe aber rausbekommen, dass Onkel Astor nach Frankreich geflohen war, dort einen neuen Namen angenommen hatte, Gaston Proverville, und dass er nun wieder in Urgroßvaters Haus wohnte.

Wir fanden auch das Tagebuch von Uropa Edmund. Aber Herr Bello und ich wurden restlos enttäuscht. Denn nun erfuhr ich, dass nicht Uropa Edmund selber den blauen Wundersaft gebraut hatte, sondern Melchior, sein genialer Lehrling. Mein Urgroßvater hatte das Rezept gar nicht gekannt.

Herr Bello und ich gaben aber nicht auf. Wir fanden heraus, dass Melchior noch lebte. Er war jetzt fast 80 Jahre alt und wohnte in Marburg. Ich »lieh« mir etwas Geld aus der Ladenkasse und wir fuhren auf gut Glück mit dem Zug nach Marburg.

Wir kamen abends an und in dieser Nacht ließ die Wirkung des blauen Safts endgültig nach. Aus Herrn Bello war wieder der Hund Bello geworden.

Mit Bello kam ich bei Herrn Melchior an.

Dort empfing uns seine Tochter, Meike Lichtblau. Sie wirkt ein bisschen schrill mit ihren tomatenrot gefärbten Haaren und ihrer komischen Brille. Aber sie ist sehr nett. Das findet Onkel Astor übrigens auch. Aber davon erzähle ich erst später.

Jetzt muss ich erst berichten, dass Meike mir sagte, ihr Vater sei ein richtiger Sonderling geworden und würde mich bestimmt nicht empfangen. Er wohne in einem Turm.

Bello und ich schafften es aber doch, in Herrn Melchiors Turm zu kommen. Ich erzählte ihm, dass durch den blauen Saft, den er damals zusammengemixt hatte, der Hund Bello zu einem Menschen geworden war.

Herr Melchior staunte und war offensichtlich stolz auf seine damalige Erfindung. Aber leider hatte er das Rezept für den blauen Wundersaft nicht aufgeschrieben. Er versuchte sich zu erinnern, welche Zutaten er als junger Wissenschaftler verwendet hatte. Die erste, die ihm einfiel, war Mandragora. Aber genau dieses Mittel hatte er nicht mehr in seinem Labor.

Also versuchte er, Mandragora durch andere Mittel zu ersetzen. Er mixte verschiedene Pulver, Körner und Säfte zusammen. Das Zeug wurde auch wirklich blau, fast genauso wie das Elixier, das die alte Frau in unserer Apotheke abgegeben hatte. Herr Melchior kippte es in eine Schale und stellte es Bello hin.

Jetzt werde ich ein bisschen ausführlicher erzählen, denn nun wurde es richtig spannend.

Herr Melchior und ich sahen zu, wie Bello die Schnauze in die Flüssigkeit steckte und zu schlabbern begann.

Nach einer Weile hörte er auf zu trinken und setzte sich auf die Hinterbeine. Ich wollte schon sagen, dass es wohl nicht geklappt hatte, da sah ich die Wirkung: Bellos Fell wechselte die Farbe. Seine grau-braunen Haare wurden immer stärker rot, richtig tomatenrot, dann gelb und schließlich grün.

»Bleibt Bello jetzt grün?«, rief ich.

Bello guckte unglücklich auf seine Vorderpfoten, die aussahen, als seien sie nicht mit Haaren, sondern mit Gras bewachsen.

»Dann wird er wohl etwas Merkurialwasser trinken müssen«, sagte Herr Melchior. »Es schmeckt scheußlich. Aber es hilft. Hilft gegen die Wirkung unerwünschter Verwandlungen.«

Er stellte Bello eine zweite Schüssel hin, in die er einen winzig kleinen Schwups aus der Flasche mit Merkurialwasser kippte. Das Mittel war wohl sehr wertvoll, sonst wäre Herr Melchior nicht so sparsam damit umgegangen.

Bello schleckte vorsichtig an der Flüssigkeit. Er schüttelte sich. Das Zeug schien wirklich scheußlich zu schmecken.

Aber wenigstens ließ nach einiger Zeit die Wirkung des blauen Safts nach. Bellos Haare bekamen wieder die ursprüngliche Farbe.

»Das blaue Mittel hat also nicht gewirkt«, sagte ich traurig. »Jetzt muss Bello wohl für immer ein Hund bleiben.«

Herr Melchior machte mir Mut. »Vielleicht klappt es ja beim nächsten Mal«, sagte er. »Ich werde noch einen Versuch unternehmen und eine andere Zusammensetzung ausprobieren.«

Das neue Elixier schien Bello besser zu schmecken als das erste, er trank alles aus.

Diesmal wechselte Bellos Fell nicht die Farbe, immerhin. Aber ein Mensch wurde er auch nicht.

Erst sträubten sich Bellos Haare, wuchsen und standen

nach allen Seiten wie die Stacheln eines riesigen Igels. Dann wuchsen auch seine Ohren, wurden lang wie ein Handtuch, bis sie schließlich auf dem Boden schleiften.

Bello machte einen Schritt auf mich zu, trat aber mit der Vorderpfote auf sein rechtes Ohr, stolperte und wäre fast gestürzt. Er blickte mich unglücklich an.

»Ich glaube, es hat keinen Zweck«, sagte ich zu Herrn Melchior.

»Aller guten Dinge sind drei!«, sagte Herr Melchior. »Ich werde noch einen letzten Versuch wagen.«

Zuerst bekam der arme Hund wieder ein Schälchen mit Merkurialwasser vorgesetzt. Aber das Gegenmittel schien diesmal nicht so gut zu wirken wie beim ersten Mal. Bellos Haare bekamen zwar wieder ihre normale Länge und auch die Ohren wurden kürzer. Aber das rechte Ohr blieb deutlich länger als das linke. Vielleicht lag es daran, dass Bello draufgetreten war und es dadurch in die Länge gezogen hatte.

Herr Melchior gab sich diesmal noch mehr Mühe als bei den beiden Versuchen vorher. Eine ganze Weile dachte er nach. Er machte sich sogar mit dem Kugelschreiber Notizen auf dem linken Ärmel seines weißen Labormantels.

Dann suchte er die Zutaten zusammen und ging an die Arbeit.

»So, das ist nun der letzte mögliche Versuch«, sagte er schließlich und goss die neue Flüssigkeit in die Schüssel.

Der Hund steckte die Schnauze hinein und trank. Dann richtete er sich auf und setzte sich auf die Hinterbeine. Herr Melchior und ich warteten gespannt auf irgendwelche Anzeichen einer Verwandlung. Nichts war zu sehen.

Gerade als ich Herrn Melchior fragen wollte, ob *er* etwas bemerke, sagte plötzlich der Hund laut und vernehmlich: »War wohl wieder nichts!«

Er hatte eine tiefe Menschenstimme, die genauso klang wie die von Herrn Bello.

So war ich also zu meinem sprechenden Hund gekommen.

Auf dem Heimweg schärfte ich Bello ein, dass er niemals vor anderen Menschen reden dürfe. Wenn nämlich bekannt würde, dass ein Hund sprechen kann, gäbe es Zeitungsberichte und Fernsehsendungen über den Wunderhund. Daraufhin würden sich Tausende von Neugierigen in unserer Apotheke drängen, um einen Blick auf den Hund zu werfen und ihn sprechen zu hören. Wissenschaftler würden Bello untersuchen wollen, Sprachforscher würden Tonaufnahmen machen, wir hätten ständig fremde Menschen bei uns im Haus und nichts würde so bleiben, wie es war.

Das sah Bello ein. Und jetzt spricht er wirklich nur, wenn er mit mir oder mit Verena und Papa allein ist.

Aber vielleicht muss ich noch schnell von Onkel Astor erzählen.

Ich hatte ihn nämlich überredet, sich nicht weiter in Urgroßvaters Haus zu verstecken. Keine Polizei der Welt würde noch nach zwanzig Jahren nach ihm suchen. Und zum ersten Mal seit Jahren verließ er das Haus und besuchte seinen Neffen: meinen Papa.

Und als Papa dann in größter Sorge war, weil Herr Bello und ich abgehauen und allein nach Marburg zu Herrn Melchior gefahren waren, erklärte sich Onkel Astor bereit, uns nachzufahren und Herrn Bello und mich wohlbehalten nach

Hause zu bringen. Dass aus Herrn Bello wieder der Hund Bello geworden war, konnten weder Papa noch Onkel Astor wissen.

Als Onkel Astor zu Hause in den Zug stieg, waren Bello und ich aber schon auf der Heimfahrt.

In Marburg erfuhr Onkel Astor von Meike Lichtblau, dass wir schon zurückgefahren waren. Und als ihm Papa am Telefon erzählte, dass Bello und ich zu Hause eingetroffen waren und er sich keine Sorgen machen müsse, blieb er erst mal in Marburg. Eigentlich wollte er da nur übernachten. Inzwischen ist er schon länger als eine Woche da.

Ich bin sicher, dass der Grund dafür Meike Lichtblau heißt.

Erst vorgestern hat er wieder bei Papa angerufen und so begeistert von Meike und ihren hübschen roten Haaren gesprochen, dass Papa anschließend sagte: »Es ist nicht zu fassen. Aber Onkel Astor scheint sich auf seine alten Tage noch mal verliebt zu haben.«

»Du meinst, er ist in Meike verknallt?«, fragte ich.

»So kann man es auch ausdrücken«, sagte Papa.

3.

Max erzählt von Selina

Selina hat schwarze Haare, die ihr bis zur Schulter reichen, schokoladenbraune Augen, sehr lange, gebogene Wimpern und eine kleine, gerade Nase.

Einige Jungen aus unserer Klasse und fast alle Mädchen finden, dass Selina ziemlich eingebildet ist.

Evelyn behauptet, Selinas Wimpern seien nur deshalb so auffällig, weil sie Wimperntusche benutzt.

Robert findet Selina sogar ausgesprochen doof. Aber das hat nichts zu sagen, er findet Mädchen prinzipiell doof.

Klara hat vorgestern zu Selina gesagt, sie sei ziemlich affig. Und Ulla hat ihr gesagt, dass sie Lippenstift benutzt, sei ja wohl das Letzte.

Selina hat geantwortet, dass das kein Lippenstift ist, sondern ein Fettstift, weil sie trockene Lippen hat. Die Bemerkungen der anderen Mädchen scheinen sie überhaupt nicht zu stören. Sie lacht viel und ist fast immer gut gelaunt. Ich denke, sie ist nicht eingebildet, sie ist einfach selbstsicher.

Mir ist es egal, ob sie Lippenstift oder Wimperntusche benutzt. Ich finde, sie ist eindeutig das hübscheste Mädchen aus unserer Klasse.

Niklas findet Selina auch hübsch, hat er mir gesagt. Mit Niklas gehe ich neuerdings immer von der Schule nach Hause, weil wir denselben Weg haben. Er ist ein Jahr älter als ich und geht in eine höhere Klasse. Wir haben uns kennengelernt, weil seine Eltern die alte Villa neben unserer Apotheke gekauft haben und dort eingezogen sind.

Herr Breitbach, der Vater von Niklas, ist Arzt. Seine Praxis hat er aber in der Innenstadt. Papa findet das schade. Wenn Doktor Breitbachs Praxis neben uns wäre, würden seine Patienten immer mit ihren Rezepten in unsere Apotheke kommen. Das würde unserer alten Apotheke guttun, sagt Papa.

Ich habe Niklas zum ersten Mal am Tag, nachdem die Breitbachs eingezogen waren, gesehen. Ich spielte mit Bello in unserem kleinen Garten, der eigentlich nur eine Wiese ist, warf einen alten Tennisball durch die Gegend und ließ ihn von Bello zurückbringen. Einmal warf ich den Ball zu weit und er landete auf der anderen Zaunseite, im Nachbargarten. Noch während ich überlegte, ob ich jetzt klingeln und nach meinem Ball fragen sollte, kam der Ball schon zurückgeflogen. Ich beugte mich über den Zaun, um mich zu bedanken. Es war merkwürdig, denn im Nachbargarten war niemand. Erst als ich Niklas lachen hörte, entdeckte ich ihn in einem großen, offenen Kellerfenster.

»Gut gezielt«, rief er. »Dein Ball kam durchs Fenster direkt zu mir reingeflogen.«

»Zu dir?«, fragte ich. »Wohnst du da unten?«

Er lachte wieder. »Spinnst du? Das ist unser Hobbykeller. Ich räume gerade ein paar Umzugskartons mit meinen Sachen aus.«

Bello fand es gar nicht gut, dass ich mich mit jemandem auf der anderen Zaunseite unterhielt. Er wollte, dass ich weiter mit ihm Ball spielte. Er knurrte mir leise zu: »Lass den da drüben! Los, wirf den Ball! Der da drüben soll den Mond halten!«

Dann stützte er sich mit den Vorderpfoten auf den Zaun und bellte Niklas heftig an.

»Ist euer Hund bissig?«, fragte Niklas.

Ich schüttelte den Kopf. »Nein, überhaupt nicht.«

»Er macht einen ziemlich gefährlichen Eindruck«, sagte Niklas.

»Keine Angst. Der spielt sich gerne ein bisschen auf«, sagte ich.

Bello guckte mich böse an, hörte auf zu bellen und lief ins Haus zurück.

»Er ist beleidigt. Als ob er dich verstanden hätte«, stellte Niklas fest. »Wie heißt du eigentlich?«

»Max«, sagte ich.

»Ich bin Niklas«, sagte er. »Aber jetzt muss ich weiter meine Sachen auspacken.«

Am nächsten Morgen kam er fast gleichzeitig mit mir aus dem Haus, wir trafen auf der Straße zusammen, gingen nebeneinander zur Schule und unterhielten uns. Seitdem gehen wir zusammen zum Schulhaus und meistens auch zusammen zurück. Nur manchmal hat Niklas länger Unterricht.

Letzte Woche habe ich Niklas auf dem Heimweg gefragt: »Kennst du eigentlich Selina aus unserer Klasse?«

»Ist das die Dunkelhaarige mit den braunen Augen?«, hat er zurückgefragt.

»Genau die!«

»Die ist hübsch«, hat er gesagt.

»Sogar sehr hübsch!«

Niklas hat gelacht und mich in die Seite geboxt. »Kann es sein, dass ein gewisser Max Sternheim in diese Selina verknallt ist?«, wollte er wissen.

»So ein Quatsch!«, habe ich gesagt. Aber ich glaube, er hat gemerkt, dass ich dabei ziemlich rot geworden bin.

»Lad sie doch einfach mal zu dir ein«, hat er vorgeschlagen.

»Einfach so?«, habe ich gefragt. »Ich kann sie doch nicht ohne Grund einladen. Wenn ich zum Beispiel Geburtstag hätte, das ginge.«

Einfach so? Das hätte ich wirklich nie gewagt.

Und dann ist etwas ganz Unerwartetes passiert. Selina hat sich selbst eingeladen. Zu mir!

Das kam so: Am Dienstag in der großen Pause stand ich mit Moritz Brandauer am Schulzaun und wir unterhielten uns über Hunde, da kam Selina zu mir, einfach auf mich zu, und fragte: »Max, hast du Lust, dich in mein Freundschaftsbuch einzutragen?«

»Aber klar«, sagte ich. »Ist es so eines, in das man schreibt, wie alt man ist, welches Hobby man hat, welche Farben man mag und welche Musik man hört?«

»Ja, so eines ist es«, antwortete sie.

Ich sagte: »Du kannst es mir gern geben.«

»Ich hab's gar nicht hier«, sagte sie. »Am besten, ich bringe es einfach mal bei dir vorbei und warte, bis du alles reingeschrieben hast. Wann hast du denn nachmittags mal Zeit?«

»Wie wär's mit Freitag, so gegen drei?«, fragte ich.

»Donnerstag wäre mir lieber«, sagte sie. »Am Freitag ist doch schon der letzte Schultag vor den Herbstferien. Danach sehen wir uns erst mal zwei Wochen lang nicht.«

Das klang vielversprechend. Vielleicht konnten wir uns am Donnerstag gleich für Freitag verabreden, wenn wir uns erst mal näher kennengelernt hatten. Zum Beispiel in der Eisdiele Venezia. Das Wetter war ja noch warm und fast sommerlich.

»Abgemacht. Donnerstag um drei«, sagte ich.

»Ihr wohnt doch in der Apotheke? Gleich neben dem Haus, in dem dein Freund Niklas wohnt?«, fragte sie.

»Ja. Du musst im ersten Stock läuten.« Dann hat auch schon die Pausenglocke geklingelt und wir gingen zurück ins Klassenzimmer.

Danach war ich ziemlich aufgeregt. Obwohl ja noch zwei Tage vergehen mussten, bis der Donnerstag kam.

»Rate mal, wer mich am Donnerstag besucht«, sagte ich auf dem Heimweg zu Niklas.

»Ich hab keine Ahnung«, sagte Niklas. »Dein Onkel?«

»Nein. Aber woher weißt du, dass ich einen Onkel habe?«, fragte ich. Bis vor Kurzem hatte ich ja selber nicht gewusst, dass ich einen habe.

»Ich habe nur mal so geraten«, sagte Niklas. »Dann rate ich also weiter: eine Tante? Deine Oma? Der Oberbürgermeister? Der amerikanische Präsident?«

»Mal ohne Witze: Es ist jemand aus unserer Klasse«, sagte ich. »Rate mal, wer?«

»Der Kleine mit der runden Brille, mit dem du immer in der Pause zusammenstehst?«, fragte Niklas.

»Nein, es ist ein Mädchen!«

»Doch nicht etwa Selina? Sag nur, du hast es geschafft, sie einzuladen!«

»Genau die!«, sagte ich.

»Gratuliere. Hätte ich dir gar nicht zugetraut«, sagte Niklas. Wir waren jetzt bei seinem Haus angelangt. »Du kannst sie ja von mir grüßen«, sagte Niklas, während er die Gartentür öffnete. »Mach's gut. Bis morgen!«

Je näher der Donnerstag kam, desto aufgeregter wurde ich.

Am Dienstagnachmittag räumte ich mein Zimmer auf und dann stellte ich auch noch alles um. Bello war sauer, weil ich seinen Hundekorb vom Platz unter dem Fenster verbannte und ihn neben den Kleiderschrank schob. Dort war es ein bisschen weniger hell und Bellos Hundedecke fiel nicht so auf.

Bello ist zwar für Hundeverhältnisse ein sehr reinlicher Hund, aber seine Decke macht einen nicht sehr sauberen Eindruck. Verena hat einmal versucht, sie ihm zu entführen, um sie zu waschen. Aber da wurde er richtig zornig und schrie, dass seine Decke genau so riechen muss, wie sie schon immer gerochen hat, und dass es keiner wagen soll, sie nach Waschmittel stinken zu lassen. Darauf hat er die Decke mit seinen Zähnen gepackt und sie Verena aus der Hand gerissen.

»Na gut. Wenn du solchen Wert auf deine Stinkedecke

legst! Meinetwegen. Dann wird sie eben nicht gewaschen«, hat Verena gesagt.

Wenn Selina schon zu mir kommt, muss ihr ja nicht gerade eine ungewaschene Hundedecke im Weg liegen, falls sie mal aus dem Fenster schauen will.

Am Mittwoch fing ich an, mir ernste Gedanken über unsere Verpflegung zu machen.

»Was würdest du jemandem, der zu Besuch kommt, zu essen anbieten?«, fragte ich Papa beim Frühstück.

Papa schaute zu Verena. »Hm«, machte er. »Vreni, was würden wir wohl anbieten?«

»Es kommt darauf an, was wir gerade zum Mittagessen gekocht haben«, sagte sie.

»Nein, sie kommt doch am Nachmittag«, sagte ich.

»Sie kommt? Wer ist *sie?*«, fragte Papa.

»Selina. Ein Mädchen aus unserer Klasse«, sagte ich. »Ich

hab sie für morgen zu mir eingeladen.« Das stimmte nicht ganz, denn eigentlich hatte sie sich ja eingeladen. Aber das war jetzt egal.

»Du könntest Kekse kaufen«, schlug Papa vor.

»Ich weiß etwas Besseres«, sagte Verena. »Ich backe heute Abend nach der Arbeit einen Kuchen.«

»Oh ja. Und ich darf ihn verzieren«, sagte Papa.

Ich wusste genau, wie Papas Verzierungen aussehen würden. Er hatte ja eigentlich Maler werden wollen und tobt sich farblich gerne aus. Aber besser ein knallbunter Kuchen als gar keiner. Deshalb sagte ich: »Danke! Das ist eine gute Idee.«

Am nächsten Morgen stand wirklich ein grün-gelb-rot gestreifter Kuchen mit blauen Tupfen auf dem Küchentisch.

»Ich musste mich sehr zurückhalten, um den Kuchen nicht gleich anzuschneiden«, sagte Papa. »Aber ich denke, es werden bestimmt einige Stücke übrig bleiben für Verena und mich.«

»Natürlich«, sagte ich und lachte. »Oder denkst du, Selina wird den ganzen Kuchen wegfressen?«

»Ich würde ja gerne da sein, wenn dein Besuch kommt, und Selina begrüßen«, sagte Verena. »Aber du weißt ja, ich bin nachmittags bei der Arbeit.«

»Und ich bin unten in der Apotheke«, sagte Papa. »Aber du kommst bestimmt allein zurecht.«

»Schon gut«, sagte ich. »Macht euch keine Gedanken.«

Ich verriet mit keinem Wort, dass ich es sehr viel angenehmer fand, dass bei Selinas Besuch keine Erwachsenen dabei waren. Sie hätten doch nur die üblichen langweiligen Fragen gestellt. Wie alt bist du? Gehst du gern in die Schule? Wie findest du eure Lehrer? Wer sind deine Eltern?

Dann wurde es langsam Nachmittag.

Ich musste immer wieder auf die Uhr gucken. Es wurde drei, es wurde halb vier. Endlich klingelte es an unserer Tür. Ich rannte hin und machte auf.

Selina hatte eine rosa Jacke an, die ich noch gar nicht kannte. Sie sah sehr hübsch aus. In der Hand hatte sie ein grün eingebundenes Buch. Das Freundschaftsbuch!

»Hallo, Max«, sagte sie, während sie die Jacke auszog und an die Garderobe hängte. »Ich hab mich ein bisschen verspätet. Ist doch nicht schlimm, oder?«

»Nein, nein, natürlich nicht«, sagte ich. »Komm mit, ich zeig dir mein Zimmer.«

Ich ging voraus. Bello war aus seinem Korb aufgestanden und erwartete uns an der Kinderzimmertür.

»Ist das dein Hund?«, fragte Selina.

»Das ist Bello«, erklärte ich ihr.

Sie lachte. »Der ist vielleicht lustig! Was hat er denn an seinen Pfoten? Farbe? Und dieses Ohr! Das arme Tier.«

»Ein armes Tier würde ich ihn nicht gerade nennen«, fing ich an, mit einem Blick zu Bello, der heftig knurrte. »Er ist, wie soll ich sagen ...«

Sie unterbrach mich. »Ich finde es jedenfalls nett von deinen Eltern, dass sie so ein Tier behalten und nicht ins Tierheim geben. Unser Pfarrer hat auch so einen Hund. Einen Spaniel, glaube ich, oder einen Terrier. Ich kenne mich mit Hunden nicht aus.«

»Was meinst du mit ›auch so einen Hund‹?«, fragte ich.

»Na ja, so 'nen beschädigten eben«, sagte sie. »Einen, den sonst keiner haben will. Dem Hund vom Pfarrer fehlt nämlich ein Ohr. Das hat ihm eine Dogge bei einem Kampf abgebissen.«

Bellos Knurren wurde noch lauter.

Selina sagte lachend: »Der knurrt und guckt mich böse an, als ob er verstehen würde, was ich sage.«

Ich rief Bello schnell zu: »Bello, komm mal mit in die Küche!«

Zu Selina sagte ich: »Ich muss etwas holen. Eine Überraschung. Ich bin gleich wieder da!«

In der Küche flüsterte ich Bello zu: »Hör bitte auf, Selina anzuknurren. Verstanden?«

Bello sagte trotzig: »Nur wenn sie aufhört, so dumme Sachen zu sagen.«

»Sie meint es nicht so«, versuchte ich Selina zu entschuldigen, während ich den bunten Kuchen in kleine Stücke schnitt, sie auf einen Teller schichtete, in mein Zimmer trug und dort auf den Schreibtisch stellte. Bello trottete hinter mir her und legte sich mitten im Zimmer auf den Teppich.

»Ein kleiner Gruß aus der Küche!«, sagte ich. Diesen Satz hatte ich von Papa oft gehört. »Von Verena eigenhändig gebacken, von meinem Vater eigenhändig verziert, von mir eigenhändig reingetragen! Greif zu, Selina!«

»Wer ist denn Verena? Deine Schwester?«, fragte Selina.

»Das ist die Freundin meines Vaters«, sagte ich.
»Wohnt sie bei euch?«, fragte sie weiter.
Ich nickte.
»Dann ist sie seine Lebensgefährtin. So nennt man das«, sagte sie. »Meine Mutter hat auch einen Lebensgefährten.«
»Ist er nett?«, fragte ich.
»Der jetzige ist ganz in Ordnung. Der letzte war ziemlich doof. Der hat die Fernbedienung nie aus der Hand gegeben.«
»Die Fernbedienung?«, fragte ich.
»Die vom Fernseher. Mama und ich mussten immer das gucken, was er gucken wollte«, erzählte sie.
Ich hatte wenig Lust, mich über fremde Lebensgefährten zu unterhalten. Ich wollte mit Selina Kuchen essen und mich in ihr Freundschaftsbuch eintragen. Deshalb hielt ich ihr den Kuchenteller hin und sagte: »Hier, nimm dir ein Stück!«
Sie betrachtete ausführlich die bunten Kuchenteile und sagte zögernd: »Der sieht aus, als ob er viele Kalorien hat. Ich glaube, ich möchte lieber keinen Kuchen.«
»Na, hör mal: Du wirst von einem Stück Kuchen doch nicht dick. Verena hat ihn extra für dich gebacken«, sagte ich.
Sie suchte sich das kleinste Stück aus, brach es in der Mitte durch, legte eine Hälfte zurück auf den Teller, hielt das andere Stück mit zwei Fingern und biss hinein.
»Der schmeckt besser, als er aussieht«, sagte sie.
Ich hatte mir auch ein Stück genommen. »Na, siehst du«, sagte ich.
Selina ging zum Fenster, zog die Gardine zur Seite und

schaute hinaus. »Das da nebenan ist doch das Haus, in dem dein Freund Niklas wohnt?«, fragte sie.

»Du kennst ihn?«, fragte ich kauend. »Er ist nicht direkt mein Freund. Wir sehen uns eigentlich nur auf dem Schulweg.«

»Du hast meine Frage nicht beantwortet«, sagte sie, während sie das angebissene Stückchen Kuchen auf dem Fensterbrett ablegte. »Wohnt er da drüben?«

»Ja, ja, da drüben wohnt er«, sagte ich. Ich hatte mein Stück Kuchen schon aufgegessen, wischte mir die Hände an der Hose ab, griff nach dem Freundschaftsbuch und blätterte neugierig darin. Ich wollte sehen, wer sich vor mir schon eingetragen hatte. Aber ich fand nur leere Seiten mit vorgedruckten Fragen.

»Sag mal, bin ich der Erste, der sich in dein Freundschaftsbuch eintragen darf?«, fragte ich.

»Ja«, sagte sie, während sie weiter aus dem Fenster blickte. »Ich hab's heute Nachmittag erst gekauft. Deswegen bin ich auch zu spät gekommen.«

Das fand ich etwas merkwürdig. Schließlich hatte sie mich schon am Dienstag gefragt, ob ich in ihr Freundschaftsbuch schreiben will. Aber vielleicht hatte sie inzwischen festgestellt, dass ihr altes Freundschaftsbuch bis zur letzten Seite vollgeschrieben war, und musste deshalb ein neues anlegen.

»Es geht gleich mit einer schwierigen Frage los«, sagte ich und las vor: »Was ist deine Lieblingsfarbe?«

»Was ist daran so schwierig?«, fragte Selina.

»Ich hab mindestens drei Lieblingsfarben«, sagte ich. »Karminrot, Zinnoberrot und Kadmiumrot.«

Diese drei mag ich besonders gern. Purpurrot zum Beispiel mag ich weniger. Ich schaue Papa oft beim Malen zu. Dabei habe ich gelernt, dass man mindestens zehn Rottöne unterscheidet.

»Dann schreib einfach ›Rot‹«, schlug Selina vor und fragte: »Ist Niklas manchmal im Garten?«

»Ja, manchmal«, sagte ich, während ich »Rot« als meine Lieblingsfarbe eintrug.

»Im Moment ist er aber nicht im Garten«, stellte sie fest.

»Er wird Hausaufgaben machen«, sagte ich.

»Vielleicht ist er auf dem Reiterhof.«

»Wie kommst du darauf?«

»Er hat nämlich ein Pferd«, sagte sie.

»Woher weißt du das?«, fragte ich.

»Das hat mir Vanessa erzählt.«

»Wer ist Vanessa?«, fragte ich.

»Meine große Schwester«, sagte sie.

Ich sagte: »Was deine große Schwester erzählt, stimmt nur halb.«

»Wieso?«

»Nicht Niklas hat ein Pferd, sondern sein Vater, der Doktor Breitbach.«

»Aber Niklas darf darauf reiten«, sagte sie. »Das weiß ich.«

Ich sagte nichts mehr und las die nächsten Fragen im Freundschaftsbuch. Ich hatte keine Lust, die ganze Zeit nur über Niklas zu sprechen. Bello stand auf, kam zu mir und legte sich neben mich auf den Boden. Er schaute hinüber zu Selina, seine Augen waren ganz schmal, wie immer, wenn er wütend war. Dann lehnte er seinen Kopf an meine Beine, als wollte er mich trösten. Ich streichelte ihn.

Da Selina auch nichts sagte, blieb es eine Weile still. Sie stand immer noch am Fenster und blickte hinüber zum Nachbarhaus.

Schließlich drehte sie sich zu mir und fragte: »Meinst du, Niklas lässt mich auch mal auf seinem Pferd reiten?«

»Keine Ahnung«, sagte ich. »Da musst du ihn selber fragen.«

»Ich kenne ihn ja nicht. Nur vom Sehen«, sagte sie. »Kannst du uns nicht bekannt machen?«

»Bekannt machen? Wie denn?«, fragte ich.

»Du und Niklas, ihr geht doch immer zusammen nach Hause«, sagte sie. »Ich hab mir das so vorgestellt: Ich treffe euch wie zufällig und du sagst: ›Hallo, Selina! Kennt ihr euch eigentlich? Das ist mein Freund Niklas und das ist Selina aus meiner Klasse.‹ Und schon kommen wir ins Gespräch.«

»Wann hast du dir das vorgestellt?«, fragte ich.

Sie merkte mir an, dass ich beleidigt war. »Gestern oder vorgestern. Ist doch egal«, sagte sie schnell. »Bist du jetzt sauer deswegen? Ich würde eben furchtbar gerne mal auf einem Pferd sitzen. Und Niklas hat ein Pferd.«

Langsam wurde mir alles klar. Sie hatte mich nur besucht, weil ich sie mit Niklas zusammenbringen sollte. Das Freundschaftsbuch hatte sie nur gekauft, damit sie einen Grund hatte, bei mir aufzukreuzen. Deswegen war es auch leer gewesen, ohne jeden Eintrag.

Je mehr ich darüber nachdachte, desto enttäuschter und wütender wurde ich. Wütend auf Selina, wütend auf Niklas. Obwohl der ja wirklich nichts dafür konnte.

»Na gut. Der Vater von Niklas hat also ein Pferd. Und das findest du großartig, was?«

»Ein Pferd ist doch was Großartiges«, verteidigte sie sich.

»Pferde gibt es viele«, sagte ich. »Ich habe ein Tier, das ist viel, viel seltener. Das ist einmalig. Nicht so was Gewöhnliches wie ein Gaul.«

»Ach, und was soll das für ein Tier sein?«, fragte Selina. Es klang ziemlich spöttisch.

Bello warf mir einen warnenden Blick zu, stand auf und schüttelte den Kopf.

Ich war so wütend über Selinas spöttisches Lachen, dass ich Bellos Warnung nicht beachtete.

»Einen Hund, der mal ein Mensch war und deswegen sprechen kann«, sagte ich.

»Ah ja, ein Hund, der mal ein Mensch war«, wiederholte sie und lachte. »Und wo hast du den versteckt? Oder sprichst du etwa von deinem Bello?«

»Ja, von genau dem!«, sagte ich und befahl: »Bello, sag mal: ›Selina glaubt nicht, dass ich sprechen kann.‹ Los!«

Bello machte das dümmste Gesicht, das er hinkriegte, hob den Kopf und bellte: »Wau, wau, wuff, wuff – wau, wau, wuff, wuff, wau!«

»Nein, Bello, mach nicht solchen Unsinn! Sprich endlich! Ich erlaube es. Los: ›Se-li-na glaubt nicht, dass ich spre-chen kann!‹ Sag es!«, rief ich.

Bello machte ein noch dämlicheres Gesicht und machte nur »Wau!«.

Selina lachte laut. »Max, ich hab gar nicht gewusst, dass du so witzig sein kannst! Der sprechende Hund Bello! Wau, wau, wau!«

An meinem zornigen Gesichtsausdruck merkte sie, dass es keineswegs ein witziger Einfall von mir war. Dass ich es ernst meinte.

Sie wurde auch ernst.

»Meinst du das echt?«, fragte sie. »Du bist vielleicht ein Spinner! Ich weiß gar nicht, was ich dazu sagen soll. Ich glaube, ich muss jetzt gehen ...«

»Du weißt ja, wo der Ausgang ist«, sagte ich. Ich begleitete sie nicht zur Wohnungstür. Das war nicht gerade höflich, ich weiß. Aber ich wollte sie beleidigen. Ich hatte eine derartige Wut! Eine Wut auf Selina, auf Niklas mit seinem Pferd und jetzt auch auf Bello.

»Warum hast du nichts zu Selina gesagt?«, fauchte ich Bello an, als Selina gegangen war.

»Erstens hast du mir verbieten, dass ich vor anderen Menschen spreche«, sagte Bello.

Ich war so wütend, dass ich mir gar nicht die Mühe machte, ihn zu verbessern. »Und zweitens?«, fragte ich. »Wenn einer ›erstens‹ sagt, gibt es auch ein ›Zweitens‹, wie wir wissen.«

»Zweitens finde ich diese Selina kein bisschen nett. Sie ünteressiert sich nur für diesen Niklas und sein Pferd«, sagte er.

Ich nickte. Natürlich hatte Bello recht. Pferde fand sie großartig, hatte sie ja selbst gesagt. Und mich hielt sie jetzt für einen Spinner. Für einen Angeber.

»Wir werden zu Herrn Melchior fahren«, sagte ich.

»Ja, das werden wir. Zu Herrn Melchior fahren!« Herr Bello nickte. »Zu Herrn Melchior, ja!«

»Er soll dich wieder in einen Menschen verwandeln. Dann kann ich ihr beweisen, dass ich kein Lügner bin«, sagte ich.

Bello schaute mich mit schief gelegtem Kopf an. »Wie willst du das beweisen?«, fragte er.

»Na, sie sieht dann doch, dass der Hund Bello wirklich mal ein Mensch war und jetzt wieder dieser Mensch geworden ist.«

»Nein, das sieht sie öben nicht«, sagte Bello.

»Warum nicht?«, fragte ich.

»Weshalb soll sie glauben, dass ich mal dein Hund war?«, fragte Bello. »Vor ihr steht dann ein fremder Mann. Und wenn der dann sagt: ›Hallo, Selina. Ich war früher mal der Hund Bello!‹, denkt sie: Dieser Mann lügt genauso unverschömt wie Max!«

»Du hast recht«, sagte ich. »Wir müssen nicht zu Herrn Melchior fahren. Es hat keinen Zweck.«

»Doch, wir müssen zu Herrn Melchior fahren. Ungedingt!«, rief Bello. »Gerade hast du noch gesagt: ›Wir werden zu Herrn Melchior fahren!‹ Du hast es mir versprochen. Ich werde immer grüner. Ich will nicht grün sein wie ein … ein Eich… wie ein Frosch.«

»Ich habe überhaupt nichts fest versprochen«, sagte ich. Herr Melchior interessierte mich in diesem Augenblick überhaupt nicht. Selina hielt mich für einen Lügner und ich konnte ihr nicht das Gegenteil beweisen.

»Max ist ein Lügner«, sagte Bello. Dann noch einmal, ganz laut: »Max ist ein Lügner!«

Damit verkroch er sich unter den Schreibtisch und steckte

den Kopf zwischen die Vorderpfoten. Er zeigte mir so, dass er mich nicht mehr sehen und nicht mehr hören mochte.

»Jetzt sei nicht beleidigt«, sagte ich. »Komm raus da unten! Ich habe viel mehr Grund, beleidigt zu sein!«

Aber Bello gab keine Antwort.

4.

Der nächste Tag

Bello war so beleidigt, dass er unter dem Schreibtisch liegen blieb und sich weigerte aufzustehen, sosehr Max ihn auch lockte. Und das nicht nur den restlichen Donnerstagnachmittag über, er blieb auch den ganzen Abend dort und schließlich in der Nacht.

Am späten Abend, als Max schon im Bett lag, machte er einen letzten Versuch.

»He, Bello, jetzt komm doch endlich wieder raus«, rief er. »Du willst doch nicht etwa da unten schlafen? Hier drüben wartet eine weiche, warme, gemütliche Hundedecke!«

Aber Bello ließ sich nicht locken.

»Ich komme erst wieder raus, wenn du mir fest versprüchst, dass wir zu Herrn Melchior fahren«, knurrte er.

»Das kann ich nicht versprechen«, sagte Max.

»Warum nicht?«, fragte Bello.

»Das muss Papa erst mal erlauben.«

»Dann frag ihn doch«, sagte Bello.

»Jetzt doch nicht. Ich will jetzt schlafen«, sagte Max. »Komm raus! Letzte Chance! Ich knipse gleich das Licht aus!«

Keine Antwort.

Max versuchte es noch einmal: »Bello, sei doch nicht so stur. Komm her!«

Bello antwortete: »Bello kommt nicht zu dir. Bello bleibt hier. Knüps nur das Licht aus, ich komm nicht raus.«

Herrn Melchiors dritter Saft – das Mittel, das bewirkt hatte, dass Bello wie ein Mensch sprach – schien wirklich Nachwirkungen zu haben. Jetzt fing Bello auch noch an zu reimen!

»Dann eben nicht«, sagte Max und drehte sich auf die Seite. »Ich schlafe jetzt!«

»Ja, schlaf und träum von Selina, wie sie auf dem Pferd sitzt!«, knurrte Bello.

»Das war ein gemeiner Wunsch«, sagte Max. »Freunde wünschen ihren Freunden nicht so was Fieses.«

»Und Freunde fahren mit ihren Freunden nach Marburg zu Herrn Melchior«, entgegnete Bello.

Max antwortete nicht und zog sich die Bettdecke übers Gesicht. Es dauerte lange, bis er endlich eingeschlafen war.

Als er am nächsten Morgen aufwachte, lag Bello auf der Hundedecke. Es war ihm wohl während der Nacht doch zu unbequem geworden und er hatte sich leise in seinen Korb gelegt. Als er merkte, dass Max wach wurde, stand er schnell auf und verkroch sich wieder unter dem Schreibtisch.

Auf dem Weg zur Schule traf Max wie üblich Niklas, antwortete auf seinen Gruß nur mit einem kurzen »Hallo!« und ging dann schweigend neben ihm her. Wenn Niklas etwas sagte, antwortete Max höchstens mit einem »Ja« oder »Nein«.

»Was ist mit dir?«, fragte Niklas nach einer Weile. »Bist du sauer mit mir oder hast du irgendwelchen Kummer?«

Beides stimmte: Max war wütend auf Niklas und dessen Pferd und er hatte Kummer, weil Selina ihn so enttäuscht hatte. Aber beides wollte er natürlich nicht sagen. Also erfand er eine Ausrede.

»Es ist wegen Bello«, sagte er. »Er ist beleidigt und ...«

Beinahe hätte er gesagt: »... und will unbedingt nach Marburg fahren.«

»Und was?«, fragte Niklas.

»Und liegt unter dem Schreibtisch und will nicht mehr raus«, antwortete Max.

»Der Hunger wird ihn schon raustreiben«, sagte Niklas. »Wahrscheinlich ist er sowieso aufgestanden, sobald du aus dem Zimmer warst.«

»Du hast wahrscheinlich recht«, musste Max zugeben.

»Aber erzähl doch mal: Wie war es denn gestern mit Selina?«, wollte Niklas wissen. »Hat sie dich besucht?«

»Ich sollte in ihr Freundschaftsbuch schreiben«, sagte Max ausweichend.

»Was heißt: Du solltest?«, fragte Niklas. »Hast du oder hast du nicht?«

»Ich hab nur die erste Frage beantwortet«, sagte Max. »›Was ist deine Lieblingsfarbe?‹«

»Meine Lieblingsfarbe? Blau oder Blaugrün«, antwortete Niklas.

»Nein, das war doch die Frage im Buch, nicht meine«, erklärte Max ihm.

Niklas fragte weiter. »Und die anderen Fragen? Waren die zu schwer oder was?«

»Nun, es war so ...«, fing Max an.

Niklas unterbrach ihn. »Sag mal, das ist doch Selina, die dort kommt«, sagte er.

Es war tatsächlich Selina. Das war doppelt ungewöhnlich. Erstens ging sie sonst einen ganz anderen Weg. Und zweitens ging sie nicht auf die Schule zu, was doch normal gewesen wäre, sondern in die andere Richtung, zu den beiden.

Als sie bei Max und Niklas angelangt war, blieb sie stehen.

»Hallo, Max. Schön, dich zu sehen«, sagte sie. »Euer Kuchen gestern war gut.«

»Viel hast du aber nicht davon gegessen«, sagte Max.

Selina ging nicht darauf ein, sondern wandte sich an Niklas.

»Du heißt Niklas. Stimmt's?«, fragte sie. »Max hat viel von dir erzählt. Ihr wohnt neben den Sternheims. Ich bin Selina.«

Max hatte überhaupt nichts von Niklas erzählt. *Sie* hatte die ganze Zeit von ihm gesprochen!

»Ich weiß«, antwortete Niklas. »Max hat auch viel von dir erzählt.«

»So? Was hat er denn gesagt?«, wollte sie wissen.

»Dass du hübsch bist«, verriet Niklas.

»Und? Stimmt es?«, fragte sie. »Findest du das auch?«

»Ja, das kann man so sagen«, antwortete Niklas und lachte.

»Danke«, sagte Selina mit ihrem schönsten Lächeln.

Max war sauer. Richtig stinkesauer. Sauer auf Niklas, der einfach ausplauderte, was Max ihm auf dem Heimweg von der Schule anvertraut hatte. Sauer auf Selina, die sich geradezu unverschämt an Niklas ranschmiss.

»Ab morgen haben wir Ferien«, sagte Selina, während sie mit Max und Niklas weiterging.

»Schön, dass du uns das mitteilst«, sagte Max. »Sonst hätten wir es bestimmt vergessen und wären am Montag in eine leere Schule gekommen.«

Sie ging nicht auf seine spöttische Bemerkung ein und fragte: »Was machst du eigentlich während der Ferien?«

»Ich weiß nicht genau. Ich denke …«, fing Max an. Dann merkte er, dass sie bei ihrer Frage nicht ihn, sondern Niklas angeblickt hatte.

»Ich bin die ganze Zeit zu Hause«, antwortete Niklas.

»Nie auf dem Reiterhof?«, fragte sie weiter.

»Auf dem Reiterhof?«, wiederholte Niklas. »Doch. Ein paar Mal werde ich wohl reiten müssen. Mein Vater will das. Der würde aus mir am liebsten einen Turnierreiter machen.«

»Wärst du nicht gerne Turnierreiter?«, fragte Selina weiter.

»Nicht besonders gern«, antwortete Niklas. »Ich will mal Musiker werden.«

»Musiker?«, fragte Selina. »Ich mag Musik auch gerne. Aber noch lieber mag ich Pferde. Es muss herrlich sein, ein Pferd zu haben, über sein glattes, weiches Fell zu streicheln und ihm auf den Hals zu klopfen. Oder ihm eine Mohrrübe oder einen Apfel zu geben …«

»… und seine Box auszumisten«, ergänzte Niklas.

»Das würde mir nichts ausmachen«, behauptete Selina.

»Ehrlich? Ich kann dich gerne mal mitnehmen, wenn du mir dabei hilfst«, sagte Niklas.

»Oh, danke!« Selina strahlte Niklas an. »Wann soll ich bei dir vorbeikommen? Am Montag?«

»Dienstag wäre günstiger«, antwortete Niklas. »Montags habe ich Klarinettenunterricht.«

»Abgemacht! Dann bis Dienstag!«, rief Selina und rannte voraus. Die drei waren nämlich beim Schulhaus angelangt und Selina wollte wohl nicht, dass die anderen Mädchen sie mit zwei Jungen zusammen sahen. Das hätte großes Getuschel in der Klasse gegeben.

»Da hat sie also genau das gekriegt, was sie wollte«, murmelte Max, während er mit Niklas durchs Schultor ging. »Robert hatte recht.«

»Wieso hatte Robert recht?«, fragte Niklas. »Was meinst du damit?«

»Ach, nichts«, antwortete Max. »Robert hat nur mal was über Selina gesagt.«

»Was hat er denn gesagt?«, wollte Niklas wissen.

»Frag ihn selber«, sagte Max, ließ Niklas stehen und ging schnell zu seinem Klassenzimmer. Max war wütend. So wütend, dass er nicht freundlich zu Niklas sein konnte.

Wenig später saß Max mit verkniffenem Gesichtsausdruck in seiner Bank. Ab und zu schickte er einen kurzen, grimmigen Blick zu Selina hinüber und hörte kein bisschen zu, als Frau Müller-Klessheim vorne an der Tafel den Aufbau des Rheinischen Schiefergebirges erklärte.

Während Max in der Schule seinen finsteren Gedanken nachhing, hatte sein Vater zu Hause einigen Grund, sich zu wundern.

Sternheim hatte beim Frühstück zusammen mit Verena

vom Rest des bunten Kuchens gegessen. (Wobei man eigentlich nicht von einem Rest reden konnte, denn fast der ganze Kuchen war am gestrigen Nachmittag übrig geblieben.)

Nach dem Frühstück wickelte sich Sternheim noch ein besonders schönes karminrotes Stück in eine Papierserviette und steckte es in die Tasche seines Apothekermantels.

»Eine kleine Zwischenmahlzeit!«, sagte er zu Verena. »Nun ist es höchste Zeit. Ich muss hinunter, die Apotheke aufschließen.«

Er gab Verena einen Kuss und stieg dann die schmale Hintertreppe hinunter, die zur Apotheke führte.

Verwundert stellte er unten fest, dass die Hintertür weit offen stand. Dabei war er sich ganz sicher, dass er sie am Vorabend geschlossen hatte.

Als er die Apotheke betrat, hatte er noch mehr Grund, sich zu wundern: Fast alle Schubladen waren aufgezogen.

Dann entdeckte er Bello.

Der hatte die Vorderpfoten auf den Rand einer Schublade gestellt, die Schnauze tief hineingesteckt und schnüffelte ausführlich am Inhalt. Dann schüttelte er den Kopf, murmelte »Wieder nichts!« und wandte sich der nächsten Schublade zu. Sie war mit einem weißen Pulver gefüllt. Was zur Folge hatte, dass Bellos Hundenase nun weiß war, als er den Kopf wieder zurückzog und heftig nieste.

Sternheim stand stumm und staunend in der Tür.

Bello war so in seine Untersuchungen vertieft, dass er ihn gar nicht bemerkte. Schon nahm er sich die nächste Schublade vor und schnüffelte auch darin herum.

Erst als Sternheim scharf »Bello!« rief, wandte der Hund

erschrocken den Kopf und stammelte: »Oh … oh, Papa … Papa Sternheim!«

»Was soll das? Was machst du da?«, fragte Sternheim. »Hast du die ganzen Schubladen aufgezogen?«

»Ja«, sagte Bello.

»Wie denn?«

»Mit dem Mund.«

»Du meinst: mit der Schnauze«, sagte Sternheim.

Bello sagte: »Nicht böse sein, Papa Sternheim. Ich kann dir alles erklören.«

»Da bin ich aber gespannt«, sagte Sternheim. »Und nenn mich nicht immer ›Papa‹. Ich bin der Papa von Max, nicht deiner.«

»Also …«, begann Bello.

»Also?«, wiederholte Sternheim, während er die Schubladen wieder zuschob. »Weshalb schnüffelst du herum? Was gibt es zu riechen?«

Bello kratzte sich mit der rechten Hinterpfote hinter dem rechten, langen Ohr.

»Also …«, begann er noch einmal.

Sternheim wurde langsam ungeduldig. »Jetzt sag's mir endlich!«, befahl er.

»Also, ich suche nach was Bestömmtem«, sagte Bello.

»Nach was Bestimmtem«, verbesserte Sternheim. »Und was soll das Bestimmte sein?«

»Merkurialwasser«, sagte Bello. »Ich weiß genau, wie es riecht.«

»Da suchst du umsonst«, sagte Sternheim. »Merkurialwasser findest du nicht in meiner Apotheke. Das stinkt derart, das würde den ganzen Laden verpesten.«

»Ja, das weiß ich«, bestätigte Bello. »Es stinkt schüsslig. Fürchterlich schüsslig.«

»Scheußlich«, verbesserte Sternheim. »Und was wolltest du mit dem scheußlichen Zeug?«

»Es trinken. Es stinkt, aber ich will es trinken.«

»Trinken?«, rief Sternheim und schüttelte sich angewidert. »Nicht für tausend Euro würde ich auch nur einen Schluck davon trinken.«

»Du musst es ja auch nicht. Du hast ja auch kein langes Ohr!«

»Was hat denn dein langes Ohr mit diesem Stinkewasser zu tun?«, fragte Sternheim.

»Schau erst mal meinen Bauch an!«, sagte Bello und legte sich auf den Rücken. »Was für eine Farbe hat mein Fell?«

Sternheim beugte sich hinunter und betrachtete das Bauchfell des Hundes.

»Es ist grau-braun mit einem leichten Grünschimmer«, sagte Sternheim. »Ein helles Lindgrün.«

»Eben!«, sagte Bello und stand wieder auf.

»Ich verstehe gar nichts«, sagte Sternheim. »Kannst du bitte genauer erklären, was du meinst?«

»Kann ich«, sagte Bello. »Max und ich waren doch bei diesem Herrn Melchior ...«

»Das weiß ich. Das hat Max mir ausführlich erzählt.«

Bello setzte sich auf die Hinterbeine. »Hat Max dir auch erzählt, dass Herr Melchior mir dreimal dieses blaue Wasser zu trinken gegeben hat?«, fing er an. »Beim ersten Mal hat mein Fell die Farbe gewechselt ...«

Das schien eine längere Unterhaltung zu werden. Sternheim holte sich einen Hocker und setzte sich Bello gegenüber.

»Ja, ich weiß«, sagte er. »Beim zweiten Mal sind deine Ohren lang geworden und beim dritten Mal hast du angefangen zu sprechen. Aber ein Mensch bist du nicht wieder

geworden. Dieser Melchior hatte offenbar das Rezept für den Verwandlungssaft vergessen und einfach herumprobiert. Er hätte dich dabei vergiften können!«

»Herr Melchior hat nicht das Rezept vergessen, es ist ihm nur nicht eingefallen«, sagte Bello. »Außerdem hat ihm was gefehlt.«

»Ja. Etwas gesunder Menschenverstand hat ihm gefehlt!«

»Nein, Mandragora. Mandragora hat ihm gefehlt. Sonst hätte alles geklappt und Bello wäre wieder Herr Bello geworden.«

»Mandragora? Das hat Max mir gar nicht erzählt«, sagte Sternheim. Er stand auf, holte eine hohe Blechbüchse vom Regal, öffnete sie und roch hinein. Er nickte. »Mandragora«, sagte er dabei. »Willst du mal riechen, wie das duftet?«

Er stellte die Dose vor Bello auf den Boden. Der Hund schnüffelte hinein.

»Riecht Millionen Mal besser als Merkurialwasser«, sagte er.

»Das kann man wohl sagen!« Sternheim lachte und stellte die Dose ins Regal zurück. »Aber ich weiß immer noch nicht, weshalb du Merkurialwasser trinken willst.«

Bello kratzte sich schon wieder hinter dem Ohr. Diesmal allerdings hinter dem linken, kürzeren. Dann sagte er: »Als Herr Melchior gesehen hat, dass ich kein Mensch geworden war, musste ich von diesem Stinkewasser trinken.«

»Weshalb?«

»Weil es die Wirkung von dem blauen Saft wieder aufgehoben hat. Danach ist die falsche Fellfarbe wieder verschwunden.«

»So also wirkt Merkurialwasser!« Sternheim wunderte

sich. »Das hat man mir bei meiner Apothekerlehre gar nicht erzählt.«

»Ist ja auch ein Geheimrözept«, sagte Bello. »Aber ich habe einen großen Föhler gemacht.«

»Einen Fehler?«, fragte Sternheim. Bello schien ziemlich aufgeregt zu sein. So oft versprach er sich sonst nie.

»Ja!« Bello stand auf und legte seinen Kopf auf Sternheims Knie.

Sternheim streichelte ihm über den dicken Kopf. »Nun erzähl schon von deinem Fehler!«

»Ich hab so getan, als trünke ich ganz viel von dem stünkigen Zeug«, sagte Bello. »Aber es roch so schüsslig. Ich hab nur ganz wenig runtergeschlockt. Es war nicht genug, verstehst du? Und jetzt wirkt der blaue Saft nach. Mein Fell wird grün. Bald sehe ich aus wie ein Eich..., ich meine, wie eine Gurke. Und mein Ohr wird auch immer länger.«

Sternheim beugte sich hinunter und nahm Bellos Ohr in die Hand. »Du täuschst dich. Es ist gleich lang geblieben.«

»Aber die Farbe hast du selber zugegeben. Mein Fell wird kindgrün!«, rief Bello.

»Lindgrün«, verbesserte Sternheim. »Hm. Grüne Haare bei Hunden sind nicht gerade modisch.«

»Die Kurzen, also die Kinder, die lachen über mein Ohr und meine Farbe. Das soll aufhören!«

»Langsam verstehe ich«, sagte Sternheim. »Du willst also noch ein Mal Merkurialwasser trinken, damit die Wirkung des blauen Safts endgültig aufhört.«

»Genau!« Bello nickte.

»Das würde ich dir nicht raten«, sagte Sternheim.

Bello hob den Kopf. »Warum denn nicht?«

»Du machst einen Fehler, Bello. Du hast nicht genau genug gedacht!«

»Ich bin ziemlich schlau und denke ziemlich genau«, sagte Bello.

»Dann erzähl mir mal, wie oft du den blauen Saft getrunken hast!«, sagte Sternheim.

»Drei Mal, das weißt du doch!«

»Und wenn du jetzt Merkurialwasser trinkst, verschwinden also alle Wirkungen des blauen Safts. Stimmt's?«

»Stümmt«, sagte Bello. »Zuerst geht die Farbe wieder ganz weg, dann wird mein Ohr wieder ganz kurz.«

»Und dann?«, fragte Sternheim.

Jetzt erst begriff Bello, was Sternheim meinte.

»Und dann geht meine Sprache wieder weg und ich kann nur noch bellen wie ein Hund!« Bello blickte erschrocken zu Sternheim hoch. »Das will ich aber nicht. Ich will mit dir sprechen und mit Verena. Und mit Max. Max ist mein Freund.«

»Wie gut, dass ich kein Merkurialwasser im Laden hatte«, sagte Sternheim. »Stell dir vor, du hättest davon getrunken und ich hätte hier einen grau-braunen Hund mit zwei gleich langen Ohren vorgefunden. Und wenn ich gefragt hätte: ›Bello, was machst du denn hier unten?‹, hätte ich zur Antwort bekommen: ›Wau, wau, wau, wau‹!«

Bello blickte so unglücklich zu Sternheim hoch, dass der den Arm um ihn legte und ihn an sich drückte.

»Es gibt ja noch eine andere Möglichkeit«, tröstete er den Hund.

»Andere Möglüchkeit?«, fragte Bello.

»Ja. Wenn wir den Herrn Melchior mit Mandragora versorgen, kann er vielleicht den ursprünglichen, den richtigen blauen Saft mixen. Du weißt aber, was das bedeutet?«

»Dass Bello dann wieder Herr Bello wird?«, fragte Bello.

»So ist es«, antwortete Sternheim. »Willst du das?«

Bello machte ein nachdenkliches Gesicht. (Falls man bei einem Hund von einem Gesicht sprechen kann. Er sah jedenfalls nachdenklich aus, hatte die Stirn in viele Falten gelegt und blickte nach oben.)

»Hund sein ist schön«, sagte er schließlich. »Aber Mensch sein ist auch nicht ganz schlecht. Die Kinder lachen nicht mehr über mich. Ich kann den Kühlschrank aufmachen und nachschauen, ob eine Wurst darin ist.«

»Du kannst lachen und weinen«, sagte Sternheim.

»Lachen ist gut. Weinen muss nicht sein«, sagte Bello. »Also, ich werde wieder ein Mönsch. Ein Mensch, wollte ich sagen.«

»So einfach geht das nicht. Zuerst musst du ja nach Marburg zu Herrn Melchior kommen. Und der muss noch einmal den Saft zusammenbrauen. Wie kommst du nach Marburg? Weder Verena noch ich haben Zeit, mit dir dahin zu fahren«, sagte Sternheim.

»Und Max will nicht. Weil er in diese doofe Selina verknüllt ist!«, sagte Bello.

»Meinst du verknallt?«, fragte Sternheim. »Davon weiß ich ja gar nichts. Und warum ist diese Selina angeblich doof?«

»Weil sie nur den Niklas kennenlernen und auf seinem Pferd reiten will!«

»Niklas? Wer ist denn das schon wieder?«, fragte Sternheim.

»Du weißt wohl gar nichts von deinem Sohn?«, fragte Bello. »Ich weiß alles, weil ich sein Freund bin. Niklas ist der Kurze, der neben uns wohnt.«

»Und weshalb meinst du, dass Max nicht mit dir fährt, weil er in ein Mädchen – wie sagst du: verknüllt ist?«

»Weil er nicht merkt, dass sie sich gar nichts aus ihm macht. Weil er bestimmt immer wieder versuchen wird, mit ihr zu sprechen. Weil er sie am liebsten jeden Tag sehen will! Der wird hierbleiben und nicht wegfahren.«

Aber da täuschte sich Bello, wie sich schon in den nächsten Tagen herausstellen sollte!

5.

Es geht los

Eigentlich hätte Max am Wochenende gute Laune haben müssen. Der letzte Schultag lag hinter ihm und vor ihm lagen vierzehn Ferientage. Vierzehn Tage ohne Schule!

Er konnte schlafen, so lange er wollte, konnte abends lange aufbleiben, ohne dass sein Vater sagte: »So, nun ist's aber Zeit fürs Bett. Du weißt, du musst morgen sehr früh raus.«

Aber Max' Laune war miserabel.

Bello hatte längst seinen Platz unter dem Schreibtisch aufgegeben, war nicht mehr beleidigt und versuchte immer wieder, ein Gespräch anzufangen. Aber Max gab keine Antwort oder antwortete nur kurz mit »Mhm« oder schüttelte den Kopf.

Nun war es Max, der sich am liebsten unter dem Schreibtisch verkrochen hätte.

Sein Vater und Verena merkten natürlich auch, wie verändert Max war.

Am Sonntagmorgen, beim Frühstück, sagte Sternheim: »Max, so geht das nicht weiter. Du behandelst uns, als wären wir Luft. Du sprichst mit niemandem, guckst nur trübsinnig in deine Teetasse. Was hast du? Haben wir dich gekränkt, ohne es zu merken?«

»Ihr doch nicht!«, antwortete Max, stand einfach auf und ging in sein Zimmer.

Im Hinausgehen hörte er noch, wie Verena zu seinem Vater sagte: »Wir doch nicht? Das bedeutet also, dass ihn ein anderer gekränkt hat.«

Am liebsten hätte Max sich umgedreht und zurückgerufen: »Kein anderer, sondern eine andere!«, aber er ließ es.

Am Montagmorgen saß Max mit Verena allein beim Frühstück. Er war spät aufgestanden, sein Vater war längst unten in der Apotheke. Verena musste erst später zur Arbeit gehen, der Brillenladen öffnete montags erst um zehn Uhr.

Eine Weile schaute sie stumm zu, wie Max mit gesenktem Kopf in seiner Teetasse rührte, sehr lange rührte.

Schließlich sagte sie mit einem leichten Lächeln: »Ich gebe immer einen Löffel Zucker oder Honig in den Tee, bevor ich umrühre. Ich fürchte, vom Rühren allein wird dein Tee kein bisschen süßer.«

»Ach so«, sagte Max, nahm sich einen Löffel Honig und rührte weiter.

Verena kam um den Tisch, setzte sich neben ihn, legte ihm den Arm um die Schultern und sagte: »Jetzt erzähl doch mal endlich, was dich bedrückt. Es hängt bestimmt mit dem Mädchen zusammen, das bei dir zu Besuch war.«

»Woher weißt du das?«, fragte Max.

»Eine Frau spürt so was eben«, sagte sie. »Was war denn los?«

Max erzählte ihr alles. Vom Freundschaftsbuch, das ganz leer gewesen war, von Niklas und von dem Pferd.

»Morgen ist Dienstag. Da ist sie dann mit Niklas auf dem Reiterhof«, schloss er.

Verena dachte eine Weile nach.

»Du magst Selina?«, fragte sie dann.

Max wollte nicken. Dann dachte er an den Freitag und das Zusammentreffen auf dem Schulweg und schüttelte heftig den Kopf.

»Du hättest aber gern, dass sie deine Freundin ist?«, fragte Verena weiter.

Max nickte.

»Und jetzt sieht es so aus, als wäre sie gerne die Freundin von Niklas«, sagte sie.

Max nickte wieder.

»Vielleicht ist sie gar nicht so sehr an Niklas interessiert«, sagte Verena.

Jetzt wurde Max richtig laut. »Nicht interessiert? Ha! Du hättest sehen sollen, wie sie sich an Niklas rangeschmissen hat!«

»So, wie du es mir erzählt hast, ging es ihr in erster Linie ums Pferd und um das Reiten. Weißt du, die meisten Mädchen träumen von einem eigenen Pferd. Als ich zwölf war, hatte ich mindestens zwanzig Pferdebücher im Regal stehen.«

»Du meinst, sie macht sich vielleicht gar nicht viel aus Niklas und ist nur nett zu ihm, um reiten zu dürfen?«, fragte Max.

»Vielleicht. Man weiß es nicht«, antwortete sie.

»Können wir uns nicht auch ein Pferd anschaffen?«, fragte Max.

Verena musste lachen. »Und wo sollen wir es unterstellen?«, fragte sie. »In unserem kleinen Garten? Nachts schläft es dann im Keller? Oder in der Apotheke zwischen den Salbeibonbons und den Schmerztabletten!«

»Nein, auf dem Reiterhof!«, sagte Max.

»Vergiss es«, sagte Verena. »Erstens ist ein Pferd für unsere Verhältnisse viel zu teuer. Du weißt: Papas Apotheke läuft nicht besonders gut. Wir sind hier nicht in der Stadtmitte, sondern ziemlich außerhalb.«

»Und zweitens?«, fragte Max.

»Zweitens wärst du dann genauso weit wie vorher. Du wüsstest nicht, ob Selina dich nett findet oder nur nett zu dir ist, weil sie auf deinem Pferd reiten will.«

»Und wie kriege ich raus, ob Selina auch die Freundin von Niklas sein wollte, wenn der kein Pferd hätte?«, fragte Max. »Und ob sie sich etwas aus mir macht?«

»Du musst auch etwas dafür tun«, sagte Verena. »Du kannst nicht erwarten, dass Selina dich nett findet, wenn du ihr ständig ein beleidigtes Gesicht zeigst. Sei einfach freundlich zu ihr und warte ab, wie sie reagiert.«

»Ich kann aber erst in vierzehn Tagen freundlich zu ihr sein, weil wir nämlich Ferien haben«, sagte Max.

»Dann schreib ihr einen Brief!«

»Einen Brief?«, fragte Max. »Ich bin doch nicht doof. Keiner aus unserer Klasse schreibt Briefe. Höchstens eine SMS. Aber das kann ich nicht, weil Papa mir kein Handy kaufen will. Einen Brief! Wie stellst du dir das vor? ›Sehr geehrtes Fräulein Selina! Darf ich eine Frage an dich richten ... und so weiter.‹ Nein!«

»Du musst ja nicht so geschwollen daherreden beziehungsweise daherschreiben«, sagte Verena. »Frag sie einfach, ob sie Lust hat, dich während der Ferien mal zu treffen. Du kannst sie ja zu einem Eisbecher einladen.«

»Nein!«, sagte Max entschieden. »Ich schreibe keine Briefe.«

Aber als er eine halbe Stunde später an seinem Schreibtisch saß, hatte er einen Schreibblock vor sich liegen, einen Filzstift in der Hand und versuchte, einen Brief aufzusetzen.

Max schrieb »Liebe Selina« und strich es gleich wieder durch. Das »Liebe« war ihm zu direkt. Er musste anders anfangen.

»Hallo, Selina« – Aber auch das fand er nicht gut. »Hallo« klang so, als würde er sich am Telefon melden. Und es sollte ja ein Brief werden und kein Telefongespräch.

Also strich er auch das »Hallo, Selina« wieder durch und schrieb: »Selina, hast Du Lust, mal mit mir Eis essen zu gehen?«

Aber irgendwie klang das auch nicht gut. Nur »Selina«?

Bello saß neben dem Schreibtisch und schaute ihm zu. »Musst du Hausaufgaben machen?«, fragte er.

»Doch nicht während der Ferien«, sagte Max. »Ich schreibe einen Brief.«

»An wen?«, wollte Bello wissen.

»An Selina«, antwortete Max.

Bello guckte Max verblüfft an. »An die Selina, die hier war?«, fragte er.

»Ja, an diese Selina«, sagte Max. »Ich weiß nicht, wie ich anfangen soll. ›Liebe Selina‹ oder ›Hallo, Selina‹ oder vielleicht nur ›Selina‹.«

»Was willst du ihr denn schreiben?«, fragte Bello.

»Zum Beispiel, ob sie sich mit mir treffen will. Ob wir zusammen in die Eisdiele Venezia gehen wollen oder so.«

Bello guckte Max mit schief gehaltenem Kopf an. Er runzelte die Hundestirn. Offenbar dachte er nach.

»Soll ich dir sagen, was du schreiben sollst?«, fragte er dann.

»Ja!«

»Schreib: Dumme, eingebildete Selina. Wegen dir wurde der Hundekorb von Bello extra weggestellt. Und dann kommst du und machst dich über Hunde lustig! Du isst nichts von dem Kuchen, den Verena für dich gebacken hat, und redest nur von Niklas und seinem Gaul. Ich finde dich super-superdoof und bin froh, dass ich dich vierzehn Tage nicht sehen muss!«

Max wusste nicht, ob er lachen oder sich über Bello ärgern sollte. So sagte er nur: »Und Bello hat ein super-superfreches Maul!«

Bello schien das für ein Kompliment zu halten. »Ja, das hat Bello«, sagte er.

Max drehte dem Hund den Rücken zu und machte sich wieder an seinen Brief.

Nach einer Weile wurde es Bello langweilig. Erst trottete er im Zimmer auf und ab, schließlich ging er zum Fenster, stellte die Vorderbeine aufs Fensterbrett und blickte hinaus.

»Max, schau mal!«, rief er von dort.

»Stör mich nicht«, sagte Max. »Ich will jetzt nicht aus dem Fenster gucken. Ich muss einen Brief schreiben, das weißt du doch!«

Bello sagte: »Du musst deinen Brief gar nicht zur Pest bringen.«

»Zur Post«, verbesserte Max. »Warum nicht?«

»Du kannst ihn gleich aus dem Fenster werfen«, sagte Bello.

»Und weshalb soll ich meinen Brief rauswerfen?«, fragte Max.

»Dann kriegt ihn Selina schneller als mit der Post«, sagte Bello. »Da, schau!«

Max ging zum Fenster und sah auch hinaus. Drüben, im Nachbargarten, spielten Selina und Niklas Federball.

Niklas spielte nicht so geschickt wie Selina und verfehlte oft den Ball. Jedes Mal, wenn er danebenschlug, der Ball an seinem Schläger vorbeizischte und im Gras landete, lachten beide, als sei das besonders lustig.

Selina sagte etwas zu Niklas. Max konnte es von seinem Platz hinter der Fensterscheibe nicht verstehen. Aber er sah, wie beide heftig lachten.

Max wandte sich vom Fenster ab.

Er fühlte, wie ein übermächtiges Gefühl in ihm hochstieg, eine Mischung aus Enttäuschung und Zorn. So stark, dass er am liebsten seinen Stuhl gepackt und am Boden zertrümmert hätte.

Er ging zum Schreibtisch, zerriss den angefangenen Brief in viele kleine Stücke und warf sie in den Papierkorb.

Nun war alles klar. Selina war nicht nur am Pferd interessiert. Wahrscheinlich hatten sich Niklas und Selina nach der Schule noch mal getroffen und sich für heute bei ihm verabredet. Womöglich begleitete sie Niklas sogar zu seiner Klarinettenstunde.

Wie hatte Max sich nur von Verenas tröstenden Worten täuschen lassen können! Es war dumm von ihm gewesen,

Selina einen Brief schreiben zu wollen. Er hatte keine Chance, das sah er jetzt ein.

Niklas war ja auch ein Jahr älter. Mädchen freunden sich gerne mit älteren Jungen an. Niklas hatte blonde, lange Haare. Darauf standen Mädchen offensichtlich. Jedenfalls hatte das Moritz Brandauer mal behauptet. Moritz war nämlich ebenfalls blond. Allerdings hatte er trotz seiner blonden Haare auch noch keine Freundin. Wenn man sehr schüchtern ist, nützen selbst blonde Haare wenig.

Bello hatte mit schief gehaltenem Kopf zugesehen, wie

Max den Brief zerfetzte. Nun kam er zu Max, strich ihm mit der Pfote übers Bein und sagte: »Ist doch nicht so schlimm! Du musst dich nicht so aufregen wegen der da drüben. Ich hab dir doch gesagt, dass sie super-superdoof ist.«

»Ja, und jetzt bist du wohl auch noch stolz, dass du recht behalten hast!«, schrie Max seinen Hund an. Nun hatte er endlich einen Grund gefunden, seinen Zorn hinausbrüllen zu können.

Bello zog sich beleidigt in seinen Hundekorb zurück.

Max ging im Zimmer auf und ab. Dann schaute er doch noch mal aus dem Fenster. Drüben spielten die beiden immer noch Federball und lachten.

»Das geht womöglich während der ganzen Ferien so weiter«, sagte Max zu Bello. Er hatte offenbar vergessen, dass er ihn kurz vorher angeschrien hatte. »Denkst du, ich habe Lust, mir das jeden Tag anzusehen?«

»Guck halt nicht mehr aus dem Fenster«, sagte Bello.

»Nein, ich weiß etwas Besseres«, sagte Max und ging zur Tür. »Ich hau ab, bis die Ferien vorbei sind. Ich verreise.«

»Nach Marburg?«, fragte Bello und stand auf.

Von Max kam keine Antwort. Er hatte die Tür schon hinter sich geschlossen.

Max stieg die Hintertreppe zur Apotheke hinab. Sein Vater bediente gerade eine ältere Kundin, die sich nach einem Mittel gegen Sonnenallergie erkundigte. Reichlich spät, fand Max, denn der Sommer war ja schon vorbei. Er wartete geduldig, bis die Kundin gezahlt hatte und gegangen war.

Sein Vater wandte sich ihm zu. »Mein Herr Sohn besucht mich hier unten?«, fragte er. »Lass mich raten: Du möchtest eine Rolle Traubenzucker. Stimmt's?«

»Nein, stimmt nicht«, antwortete Max. »Ich möchte mit dir über die Ferien reden. Kann ich nicht mit Bello eine Woche verreisen?«

»Mit Bello?«, wiederholte Sternheim. Mit einem leichten Grinsen schlug er vor: »Wie wäre es mit einer kleinen Reise nach Marburg zu Herrn Melchior?«

»Nach Marburg? Woher weißt du das?«, rief Max.

Sein Vater lachte. »Ich hatte mit Bello ein Gespräch von Mann zu Mann«, sagte er. »Ich habe allerdings Bedenken, euch beide allein reisen zu lassen. Verena kann nicht mitfahren und ich kann es auch nicht. Im Gegensatz zu dir haben wir keine Ferien.«

»Natürlich kannst du uns alleine reisen lassen«, sagte Max. »Schließlich sind Bello und ich schon einmal alleine hin- und wieder zurückgefahren.«

»Hm. Wenn Verena euch zum Bahnhof begleitet und in den richtigen Zug setzt und Onkel Astor euch in Marburg am Bahnhof abholt, könnte es klappen.«

Noch am selben Abend telefonierte Sternheim mit seinem Onkel Astor. Der war begeistert und versprach, Max und Bello in Marburg in Empfang zu nehmen.

So stand der Reise zu Herrn Melchior nichts mehr im Weg!

6.

Die Reise

Nun erzählt wieder Max

Schon am nächsten Morgen saßen Bello und ich im Zug, mit einer Dose Mandragora im Koffer.

Verena hatte uns in ihrem kleinen roten Auto zum Bahnhof gefahren, uns zum Bahnsteig begleitet und mich noch einmal umarmt, als der Zug eingefahren war und Bello und ich einstiegen.

Der Zug war nicht sehr voll. Wir suchten uns ein leeres Abteil, wo wir uns unbeobachtet und unbelauscht unterhalten konnten. Ich zog die Schiebetür fest zu und verstaute den Koffer oben auf der Ablage.

Bello hatte auf einem der blau gepolsterten Sitze Platz genommen und schaute aus dem Fenster. Der Zug setzte sich langsam in Bewegung. Verena stand immer noch auf dem Bahnsteig und winkte. Bello hob die rechte Pfote und winkte zurück.

»So, Bello, jetzt kommst du aber herunter vom Sitz!«, sagte ich. »Hunde müssen auf dem Boden sitzen. Auf der Rückreise darfst du dann als Mensch gemütlich auf dem Polster Platz nehmen.«

Bello sprang von der Bank.

»Hoffentlich geht alles gut«, sagte er. »Meinst du, dem alten Melchior fällt diesmal das richtige Rezept ein?«

»Das wollen wir doch hoffen«, sagte ich.

»Was ist, wenn das Rezept wieder falsch ist und nur meine Ohren rot oder blau werden?«

»Oder deine Beine werden lang wie ein Besenstiel«, sagte ich lachend.

Bello fand diese Vorstellung zwar nicht besonders lustig, musste aber trotzdem kichern. »Oder ich bekomme Federn wie ein Vogel«, sagte er.

»Ja, dir wachsen Flügel und du bist ein fliegender Hund!«

»Dann fliege ich zum Reiterhof und erschrecke Selina. So sehr, dass sie vom Pferd fällt!«, sagte Bello.

Das hätte er lieber nicht sagen sollen. Meine Laune verschlechterte sich schlagartig.

»Stimmt. Heute ist ja Dienstag«, sagte ich. »Heute ist sie mit Niklas auf dem Reiterhof.«

Bello merkte, dass seine Bemerkung nicht gerade passend gewesen war, und versuchte mich abzulenken.

»Stell dir vor, Selina trinkt vom zweiten Saft und kriegt lange Ohren!«, sagte er.

Nun musste ich lachen.

»Die versteckt sie dann unter ihrer Mütze. Aber sie fallen immer wieder raus«, sagte ich. »Weißt du, was noch besser wäre: Niklas trinkt vom ersten Saft und seine blonden Haare sind auf einmal grün. Das gäbe ein Gelächter in der Schule!«

Meine Bemerkung mit den grünen Haaren war allerdings auch nicht gerade passend gewesen. Nun betrachtete Bello unglücklich die Spitzen seiner Pfoten, wo die Haare in einem hellen Grün schimmerten. »Grüne Haare sind also lächerlich!«

»Deshalb fahren wir ja auch zu Herrn Melchior«, sagte ich. »Danach bist du ein Mensch und deine grünen Pfoten sind vergessen. Wir müssen nur daran denken, dass wir eine große Flasche von dem blauen Saft mit zurücknehmen. Die Wirkung lässt bestimmt nach einiger Zeit wieder nach.«

»Ja, wenn es in mir kribbelt und juckt, nehme ich schnell einen Schluck und bleibe ein Mensch«, sagte Bello.

Mir kam eine Idee.

»Wenn du aber nicht den blauen Saft trinkst, sobald es bei dir kribbelt, wirst du wieder ein Hund. Ich könnte dir dann vor Selina den Saft zu trinken geben. Dann erlebt sie, wie du ein Mensch wirst, und weiß, dass ich kein Angeber bin«, sagte ich.

Bello schüttelte heftig den Kopf. »Das ist eine ganz dumme Idee«, sagte er. »Sie würde alles ausplaudern. Alle würden vom blauen Saft erfahren und von der Verwandlung.«

Bello hatte natürlich recht. Ich konnte mir ganz genau vorstellen, was dann in der Klasse los sein würde:

In der Pause versammelt Selina alle Mädchen um sich, tut ganz geheimnisvoll und sagt: »Ihr könnt euch gar nicht vorstellen, was mir gestern passiert ist. Der Hund von Max, stellt euch vor, also, unglaublich, nicht zu fassen!«

Die anderen Mädchen drängen sie: »Was ist denn mit dem Hund? Erzähl doch schon! Mach's nicht so spannend!«

Selina zögert es noch ein bisschen hinaus, um es noch spannender zu machen. »Ihr werdet es nicht glauben. Aber ich hab's tatsächlich erlebt. Also, der Hund von Max ...«

Nach der Pause kommen dann alle zu mir und fragen, ob es stimmt, was Selina erzählt. Ob mein Hund jetzt wirklich ein Mensch ist, ob dieser Mensch ein Fell hat, ob er reden kann und wann sie ihn endlich sehen könnten.

Nein, Bello hatte recht. Es war keine gute Idee.

Eine Weile saßen wir stumm im fahrenden Zug. Schließlich sagte Bello: »Mir ist langweilig! Darf man im Zug rennen?«

»Nein. Hunde schon gar nicht«, sagte ich. »Wir können ja was spielen, dann vergeht die Zeit schneller.«

»Federball?«, fragte Bello.

»Nein, das kannst du doch gar nicht«, fing ich an. Dann merkte ich, dass Bello einen Witz gemacht hatte.

»Wir spielen ›Ich sehe was, was du nicht siehst‹«, sagte ich. »Das haben Papa und ich oft auf langen Autofahrten gespielt.«

Zuerst musste ich Bello die Spielregeln erklären. Man sucht sich etwas aus, sagt, welche Farbe es hat, und der andere muss erraten, was gemeint ist.

»Ich fange an«, sagte ich. »Ich sehe was, was du nicht siehst. Es ist grün.«

»Meine Füße?«, fragte Bello.

»Nein. Schau mal nach oben!«

»Der Lichtausknipser?«

»Genau. Jetzt bist du dran!«

»Ich sehe was, was du nicht siehst. Es ist gelb«, sagte Bello.

Ich schaute mich im Abteil um, konnte aber nichts Gelbes entdecken.

»Ich errate es nicht«, musste ich zugeben. »Was ist es?«

»Das Haus da draußen«, sagte Bello.

Ich blickte aus dem Fenster.

»Da ist kein Haus«, sagte ich.

Bello blickte auch hinaus. »Gerade war es noch da. Jetzt ist es weggefahren«, wunderte er sich.

»Nicht das Haus ist weggefahren, wir sind weitergefahren«, sagte ich. »Du bist noch mal dran. Aber nimm etwas aus dem Abteil hier, sonst fährt es dir wieder weg!«

»Ich sehe was, was du nicht siehst. Es ist weiß«, sagte Bello.

Wieder kam ich nicht darauf.

»Kennst du überhaupt die Farben?«, fragte ich. »Weißt du, was gelb oder weiß ist?«

»Ja, das Weiße weiß ich«, sagte Bello. »Es sind deine Zähne.«

»Die kann ich doch nicht sehen«, sagte ich.

»Eben. Ich habe was gesehen, was du nicht siehst«, sagte Bello.

Ich musste lachen. »Du hast das Spiel nicht richtig verstanden. Egal. Jetzt bin ich dran. Ich sehe was, was du nicht siehst. Es ist rot!«

Bello schaute sich suchend um.

»Da! Die Jacke von dem Mann, der gerade hereinkommt!«, rief er.

Ein Mann in einer auffallend roten Jacke hatte unsere Abteiltür aufgezogen.

Ich machte schnell »Pssst!«, aber es war schon zu spät. Der Mann hatte Bello gehört. Verblüfft blieb er in der Tür stehen.

»Der Hund da, der ... der hat doch eben gesprochen!«, rief er.

Bello schüttelte heftig den Kopf und sagte: »Nein!«

»Tatsächlich!«, sagte der Mann. »Das ist ja unglaublich.« Er wandte sich an mich. »Hast du den trainiert? Seit wann kann er sprechen? Das ist wirklich nicht zu fassen!«

Er setzte sich neben mich. »Erzähl doch mal!«

»Sie täuschen sich. Sie haben da was verwechselt«, sagte ich. »*Ich* habe gesprochen. Nicht der Hund. Hunde können doch gar nicht sprechen.«

Bello nickte bestätigend. Dabei hatte er früher mal behauptet, Hunde könnten nicht lügen.

Der Mann schaute mich prüfend von der Seite an. »So, so, du hast gesprochen«, sagte er. Ich sah ihm an, dass er mir nicht glaubte.

Er fragte: »Wie heißt denn der Hund, der nicht sprechen kann?«

»Bello«, antwortete ich.

Der Mann beugte sich zu Bello hinunter und fragte freundlich: »Bello, magst du lieber Kartoffeln oder einen dicken Knochen?«

Einen Augenblick fürchtete ich, dass Bello darauf hereinfallen und »einen Knochen« sagen würde. Aber er tat so, als habe er kein Wort verstanden, und schaute angestrengt zum Fenster hoch.

Der Mann lehnte sich zurück und blickte Bello und mich forschend an. Es war jetzt still im Abteil. Auch ich schaute aus dem Fenster und tat so, als gäbe es draußen interessante Dinge zu entdecken.

Als wir durch einen Tunnel fuhren, wirkte das Fensterglas wie ein Spiegel. Nun konnte ich den Mann unauffällig betrachten. Ich schätzte, dass er ungefähr so alt war wie Papa. Er hatte halblange, braune Haare. Ein Mittelscheitel sorgte dafür, dass seine Haare gerecht geteilt wurden: eine Hälfte nach links, eine nach rechts. Im Spiegelglas sah ich, dass er Bello unentwegt anstarrte.

Als der Zug langsamer fuhr, stand der Mann auf. »Ich muss an der nächsten Station aussteigen«, sagte er. »Wiedersehen, Junge.«

»Wiedersehen«, antwortete ich.

Er wandte sich an den Hund. »Wiedersehen, Bello!«

Bello schaute gleichmütig vor sich hin, ohne ihn zu beachten.

Der Mann zuckte die Achseln, sagte: »Na, dann eben nicht«, ging aus dem Abteil und zog die Schiebetür hinter sich zu. Wenig später hielt der Zug an einem Bahnhof.

Ich blickte aus dem Fenster, konnte den Mann mit der roten Jacke aber nicht entdecken. Wahrscheinlich hatte er den Bahnsteig schon hinter sich und war im Fußgängertunnel verschwunden.

Als der Zug wieder losgefahren war, sagte ich zu Bello: »Das war sehr unvorsichtig von uns. Dass du aber auch noch ›Nein‹ sagen musstest!«

»Ich weiß«, sagte Bello kleinlaut. »Ich wollte …«

Ich unterbrach ihn. »Pssst!«, machte ich. »Sei leise!«

»Was ist?«, flüsterte Bello.

»Der Mann mit der roten Jacke!«, flüsterte ich. »Gerade hat er durch die Glastür geschaut. Er ist gar nicht ausgestiegen. Er hat nur so getan, um uns belauschen zu können. Als er gemerkt hat, dass ich ihn sehe, ist er schnell weitergegangen. So ein Mist, jetzt hat er uns zum zweiten Mal reden sehen.«

»Reden hören!« Bello war stolz, dass er mich verbessern konnte.

»Sehen stimmt auch«, sagte ich. »Auch wenn er uns nicht gehört hat, weil wir geflüstert haben, hat er doch gesehen, wie du deinen Mund bewegt hast.«

»Mein Maul«, sagte Bello. »Menschen haben einen Mund, Hunde ein Maul.«

»Das ist doch jetzt nicht wichtig«, sagte ich. »Er hat uns jedenfalls belauscht. Wir dürfen hier drinnen nicht mehr miteinander sprechen. Kein Wort. Hast du verstanden?«

Bello gab keine Antwort.

»Gut, du hast also verstanden«, sagte ich. »Dreh dich bitte um, schau nicht mehr aus dem Fenster, sondern zur Tür. Wenn er wieder um die Ecke guckt, bellst du kurz oder knurrst. Wie ein Hund eben.«

Bello nickte.

Während der ganzen Fahrt warteten wir darauf, dass der Mann noch einmal durch die Tür spähen und uns beobachten würde. Aber er tauchte nicht mehr auf.

»Wahrscheinlich ist er bei einem der nächsten Bahnhöfe ausgestiegen«, sagte ich zu Bello. »Irgendwie war mir der Mann unheimlich. Ich bin froh, dass wir ihn los sind.«

Als unser Zug im Marburger Bahnhof einfuhr, stand Onkel Astor schon auf dem Bahnsteig und nahm uns in Empfang.

»Schön, dich wiederzusehen, Max«, sagte er, während er mir heftig die Hand schüttelte. »Und schön, dass auch Bello dabei ist.«

»Wegen Bello sind wir doch hergefahren«, sagte ich.

Bello schien nicht ganz meiner Meinung zu sein. Er schaute mich an und wiegte den Kopf hin und her. Ich begriff, was er meinte.

»Na ja, auch ein bisschen wegen mir«, sagte ich. »Ich wollte nicht während der ganzen Ferien zu Hause sein.«

»Gib mir deinen Koffer«, sagte Onkel Astor. »Du weißt, ich habe kein Auto. Wir müssen ein ganzes Stück zu Fuß gehen.«

Zu dritt zogen wir los durch die Stadt.

Als wir etwa zehn Minuten gegangen waren, blieb Onkel Astor stehen.

»Was ist?«, fragte ich.

»Ich hab so ein komisches Gefühl«, sagte er. »Es erinnert mich an früher, als ich auf der Flucht war. Mir kommt es so vor, als würden wir verfolgt.«

»Wer sollte dich denn verfolgen, Onkel Astor?«, sagte ich. »Dein Fall ist doch längst verjährt. Du bildest dir das nur ein.«

»Du hast wahrscheinlich recht«, sagte er und wir gingen weiter. »Ich hatte so ein Gefühl, als ob ein Mann ständig hinter uns her geht.«

Nun war auch ich beunruhigt. »Hatte er eine rote Jacke an?«, fragte ich. »So einer hat im Zug hinter uns her spioniert.«

»Nein, er trug ein helles Hemd. Er hatte aber was unter dem Arm. Etwas Rotes. Das könnte eine Jacke gewesen sein«, sagte Onkel Astor. »Lass uns mal eine Weile stehen bleiben und warten, ob er näher kommt. Dann kannst du sehen, ob es der Mann aus dem Zug ist.«

Wir standen und warteten. Aber es kam niemand hinter uns her. Bello wurde immer ungeduldiger und rannte auf und ab.

Schließlich sagte Onkel Astor: »Entschuldige, ich habe mich getäuscht. Da ist keiner. Das ist leider so ein Grundgefühl bei mir. Ständig fühle ich mich beobachtet und verfolgt. Lass uns weitergehen!«

»Ist nicht schlimm, Onkel«, sagte ich. »Jeder kann sich mal täuschen. So haben wir halt eine kleine Pause gemacht.«

Hätte ich Onkel Astor nur geglaubt, dass uns jemand heimlich folgt! Dann wären wir vielleicht nicht direkt zu Herrn Melchiors Haus gegangen und hätten versucht, unseren Verfolger abzuschütteln und in die Irre zu führen. Damit wäre uns ziemlich viel Aufregung, Ärger und Angst erspart geblieben.

Aber ich nahm Onkel Astors Warnung leider nicht ernst.

7.
Bei Herrn Melchior

Max erzählt weiter

Meike Lichtblau empfing uns an der Haustür. Ich gab ihr die Hand. »Tag, Frau Lichtblau!«, sagte ich.

»Da kommt also Max mit seinem Wunderhund«, sagte sie. »Herzlich willkommen. Du darfst ruhig Meike zu mir sagen.«

Sie wandte sich an Bello. »Wie war die Fahrt?«

»Recht gut«, antwortete ich. »Allerdings …«

»Ich hatte eigentlich deinen Hund gefragt«, sagte sie. »Ich finde seine tiefe Stimme so lustig.«

Bello blickte fragend zu mir hoch. Ich nickte. »Ja, du darfst mit ihr reden. Sie weiß ja, dass du sprechen kannst.«

Bello sagte: »Allerdüngs war da so ein Mann mit einer roten Jacke, der hat immer zu mir geschaut.«

»Und? Hat er mitgekriegt, dass du sprechen kannst?«, fragte Meike.

Nun antwortete wieder ich. »Ich fürchte, er hat was gemerkt«, sagte ich. »Hoffentlich war er kein Reporter oder so was. Sonst würden die Zeitungen morgen eine Sensation melden.«

Onkel Astor hatte interessiert gelauscht. »Und du bist sicher, dass er vorher ausgestiegen ist?«, fragte er.

»Ich denke schon«, sagte ich. »Irgendwann war er dann verschwunden.«

»Ich hoffe, du hast recht«, sagte er. »Jetzt wollen wir aber ins Haus gehen und nicht hier draußen rumstehen. Ich rate mal, was Meike uns vorsetzen wird. Bestimmt hat sie einen ihrer leckeren Kuchen gebacken. Stimmt's?«

Meike lachte. »Du hast mich den Teig rühren sehen, bevor du zum Bahnhof gegangen bist«, sagte sie. »Da kannst du leicht raten.«

Kurz darauf saßen wir alle im Wohnzimmer um einen der kleinen Glastische und tranken Kakao mit Sahne. Das heißt: Bello saß natürlich nicht am Tisch, sondern lag neben dem Teppich auf dem Holzboden und trank Wasser. Ich hatte ihm eine Schale hingestellt. Bello war ein wenig beleidigt, weil er sich nicht auf den weichen, weißen Teppich legen durfte. Das hatte ihm Meike verboten.

Vor uns stand ein Apfelkuchen, von Meike bereits in einzelne Stücke geschnitten.

Gerade als ich zu einem Kuchenstück greifen wollte, brach das große Chaos aus. Es passierte gleichzeitig so viel, dass ich es nur nacheinander erzählen kann.

Als Erstes kam Herr Melchior aus der Tür gestürmt, die zu seinem Turm führt, und rief: »Karl mit seinem Hund ist da! Wie schön! Warum habt ihr mich nicht gleich dazugeholt?«

»Ich heiße Max«, sagte ich. »Guten Tag, Herr Melchior.«

»Ja, natürlich, Mark«, sagte er. »Du hast mir etwas mitgebracht?«

»Ja, Bello ist dabei«, antwortete ich.

»Das sehe ich doch«, sagte er. »Wo hast du es?«

»Was denn?«

»Na, das Mandragora!«, rief er. »Du hast es doch dabei?«

»Ach, das meinen Sie. Das ist in meinem Koffer.«

Meike mischte sich ein. »Papa, du willst doch nicht etwa sofort mit dem Experimentieren anfangen!«, sagte sie. »Das kannst du morgen machen. Heute …«

Weiter kam sie nicht, denn Bello hatte angefangen, laut und aufgeregt zu bellen. Er stand von seinem Platz auf, trat aus Versehen in die Wasserschüssel und ging rückwärts auf den Flur zu.

»Bello, was hast du? Was soll das? Jetzt hast du das ganze Wasser verschüttet!«, rief ich.

Bellos Bellen wurde noch lauter, noch zorniger.

»Jetzt sag schon!«, rief ich. »Hast du vergessen, dass du sprechen kannst?«

»Die Katze!«, schrie Bello und bellte weiter.

Jetzt erst sahen wir, was Bello so aufregte. Eine magere, grau-schwarz gestreifte Katze war aus Herrn Melchiors Turmzimmer gekommen. Sie sah ein bisschen verwildert aus. Wie die Katzen, die kein festes Zuhause haben und von niemandem gefüttert werden.

Sie hatte offensichtlich nicht die geringste Angst vor Hunden. Ohne sich um sein Bellen zu kümmern, machte sie einen Satz auf Bello zu. Dann blieb sie stehen und fauchte.

Bello wich weiter zurück. Sein Bellen klang jetzt nicht mehr zornig, eher ängstlich. Ich ging zu Bello und fasste ihn am Halsband. »Bleib hier«, sagte ich. »Sie tut dir nichts. Ich bin ja da!«

»Wo kommt denn die Katze her?«, rief Meike. »Kann sie jemand mal nehmen und rausschaffen?«

Onkel Astor stand auf. Aber da hatte Herr Melchior schon die Katze unterm Bauch gefasst, sie zur Turmtür getragen, mit sanftem Schwung hindurchgeworfen und die Tür schnell geschlossen.

Bello beruhigte sich wieder und hörte auf zu bellen.

»Wo kam denn die Katze her?«, fragte Meike noch einmal. »Weshalb hast du sie nicht nach draußen gebracht, sondern in deinen Turm?«

»Wo sie herkommt, weiß ich auch nicht«, sagte Herr Melchior, setzte sich zu uns, nahm sich gleich zwei Stück Kuchen, in jede Hand eines, und biss erst ins linke und dann ins rechte Stück.

»Das linke schmeckt besser«, sagte er mit vollem Mund.

»Papa, du sollst nicht Kuchen testen, sondern uns erklären, wo diese Katze herkommt«, sagte Meike.

»Vor ein paar Tagen hatte ich das Turmfenster offen, da ist sie einfach reinspaziert«, erzählte er. »Jetzt wohnt sie drüben bei mir. Sie scheint niemandem zu gehören.«

»Sie wohnt bei dir?«, fragte Onkel Astor. »Und wenn sie aber doch jemandem gehört und der Besitzer nach ihr sucht?«

»Sie kann jederzeit verschwinden. Das Fenster ist immer offen«, sagte Herr Melchior. »Aber sie will gar nicht weg. Ihr scheint es im Turm zu gefallen. Sie hat sich sogar mitten in meinen Papieren so eine Art Nest gebaut. Leider hat sie dabei einige meiner wichtigen Notizen zerfetzt und das Papier klein gekaut. Gut, dass ich von jeder Notiz eine Kopie geschrieben habe und von der Kopie wieder eine Kopie. So kann nichts verloren gehen.«

»Was gibst du ihr denn zu fressen?«, fragte Meike. »Hoffentlich nicht nur Papier!«

»Sie bekommt immer einen Teil von meinem Mittagessen ab«, sagte Herr Melchior. »Außerdem hat sie schon eine Maus gefangen. Ich wusste gar nicht, dass es in meinem Labor Mäuse gibt.«

Offenbar hatte Herr Melchior seine alten Gewohnheiten wieder aufgenommen und ließ sich von Meike das Essen in den Turm bringen.

»Jedenfalls gut, dass sie jetzt drüben ist und Bello nicht mehr ärgern kann«, sagte ich.

Onkel Astor sagte: »Seltsam, dass dein Hund Angst vor Katzen hat. Ist es sonst nicht eher umgekehrt? Ich dachte immer, Katzen fürchten sich vor Hunden.«

»Ich habe überhaupt keine Angst vor Katzen«, sagte Bello, der aufmerksam zugehört hatte. »Ich bin nur vorsüchtig.«

»Ach, vorsichtig nennst du das!«, sagte Onkel Astor lachend.

»Ja, vorsüchtig«, sagte Bello. »Als ich ein junger Hund war, hat mich eine Katze fürchterlich zerkratzt!«

»Jedenfalls ist die Katze jetzt weg, Bello ist außer Gefahr und wir können zusammen unseren Kakao trinken«, sagte Meike. »Wie schmeckt euch mein Kuchen?«

»Sehr gut«, sagte Herr Melchior undeutlich mit vollem Mund. »Inzwischen schmeckt mir der in meiner rechten Hand besser.«

»Ja, Meikes Kuchen sind immer ganz besonders gut«, sagte Onkel Astor und lächelte Meike zu. »Alles, was sie kocht oder backt, schmeckt ganz besonders lecker.«

Gleich nach dem gemeinsamen Kuchenessen fragte Herr Melchior: »So, Hans, und wo bleibt jetzt das Mandragora?«

»Max«, sagte ich. »Ich heiße Max.«

»Papa, du redest so, als würdest du am liebsten sofort anfangen, diesen blauen Saft zu brauen«, sagte Meike.

»Ja, das werde ich auch«, antwortete Herr Melchior.

»Jetzt lass Max doch erst mal seine Sachen auspacken! Ich zeige ihm gleich das Zimmer, in dem er mit Bello übernachtet. Und morgen früh könnt ihr in aller Ruhe experimentieren.«

»Hier ist das Zeug«, sagte ich, öffnete meinen Koffer und holte die Dose mit dem Mandragora heraus.

»Das Zeug!«, wiederholte Herr Melchior vorwurfsvoll, öffnete gleich die Dose und schnupperte hinein. »Hm, echtes, reines Mandragora!«, sagte er. »Es geht nichts über den unverfälschten Mandragorageruch.«

»Glauben Sie, dass Sie damit den Originalsaft wieder hinkriegen?«, fragte ich.

»Mit Mandragora ist das kein Problem«, sagte er. »Weißt du, Franz …«

»Max!«, sagte ich.

Er ließ sich nicht stören. »Weißt du, dass Mandragora eines der wichtigsten Mittel in der Alchemie ist?«, fragte er. »Nur Merkurialwasser ist vergleichbar wichtig. Aus Mandragora hat man früher Schönheitsmittel gebraut, Gesundheitssäfte, Liebestränke …«

»Was sind denn Liebestränke?«, fragte ich.

»Wenn zwei Menschen von so einem Saft trinken, verlieben sie sich unweigerlich ineinander. So steht es jedenfalls in den alten Büchern. Ich hab's nie ausprobiert.«

»Und was braucht man alles für so einen Liebessaft?«, fragte ich.

»Mandragora, wie gesagt. Dazu kommen dann lauter rote Zutaten: Laphamit, etwas Rosenquarz, zwei oder drei Rosenblätter«, zählte er auf. »Ja, und dann noch etwas Blut der beiden.«

»Blut? Echtes Blut?«, fragte ich.

»Ein winziger Tropfen genügt«, sagte er.

»Papa, was erzählst du dem Jungen für Schauermärchen!«, sagte Meike.

»Mark hat mich doch danach gefragt«, verteidigte sich Herr Melchior.

»Ich könnte mich ja mit einer Nadel in den Finger stechen«, sagte ich. »Aber wie sollte ich einen Tropfen Blut von Selina kriegen?«

»Selina? Nein, das darf nicht wahr sein«, stöhnte Bello. »Ich als Hund habe ja mehr Verstand als dieser Mensch!«

»Wer ist denn Selina?«, fragte Onkel Astor.

»Darf ich es sagen?«, fragte Bello.

Ich nickte und Bello erzählte die ganze Geschichte. Von Selinas Besuch bei mir, vom leeren Freundschaftsbuch, von Niklas und dem Pferd. Und dass Selina jetzt mit Niklas zusammen war.

»Wir sind nur deshalb nach Marburg gefahren, weil Max nicht mehr aus dem Fenster gucken kann«, schloss er seinen Bericht.

»Weshalb kann er denn nicht mehr rausgucken?«, fragte Onkel Astor.

»Weil er sonst Selina mit Niklas Federball spülen sieht«, sagte Bello.

»Das war aber nicht der einzige Grund!«, sagte ich. »Deine grünen Pfoten haben auch eine Rolle gespielt.«

Onkel Astor hatte bei Bellos Erzählung aufmerksam zugehört und öfter genickt.

Jetzt setzte er sich neben mich und sagte: »Max, du musst etwas begreifen. Du musst dich damit abfinden, dass sie diesen Niklas lieber mag. Ich hatte es leider nicht begriffen als junger Mann und musste es büßen. Bestimmt habt ihr euch schon gefragt, weshalb ich nach Frankreich geflohen bin und einen falschen Namen annehmen musste.«

»Du hast nie davon gesprochen«, sagte Meike.

»Dann will ich es euch endlich erzählen«, sagte Onkel Astor.

8.

Onkel Astors Geschichte

Ich hatte mich damals als junger Apotheker in eine junge Frau verliebt, sie hieß Ursula. Ein paarmal gingen wir zusammen aus. Aber Ursula war lieber mit Detlev van Loo zusammen, dem Sohn eines reichen Fabrikanten. Mit dem fuhr sie im offenen weißen Sportwagen durch die Stadt. Ursula liebte schnelle, schöne Autos.«

»Und Selina liebt schnelle, schöne Pferde«, sagte Bello.

»Ja, das wissen wir«, sagte Max. »Jetzt lass Onkel Astor weitererzählen.«

Onkel Astor sagte: »Ich war ja so dumm damals! Ich glaubte, wenn ich ihr auch so ein Auto bieten könnte, hätte ich Chancen bei ihr. Also ließ ich mich auf unsaubere Geschäfte ein, um schnell Geld zu verdienen. Ich fing an, illegal mit Morphium zu handeln.«

»Morphium?«, fragte Max.

»Das ist so eine Art Rauschgift, es wird aus Opium gemacht. Morphium war damals groß in Mode. Es ist eigentlich ein Schmerzmittel und wird in Apotheken nur auf Rezept abgegeben. Ich verdiente viel Geld dabei und konnte mir bald mein erstes Auto kaufen. Allerdings keinen Sportwagen, sondern einen gebrauchten Mercedes.«

»Und wie ging es weiter?«, fragte Meike.

»Eines Abends hatte ich wieder eine Lieferung Morphium im Auto und war auf dem Weg zu Mergenthaler. Mergenthaler war mein Mittelsmann. Ich lieferte das Morphium immer bei ihm ab, er zahlte mich aus und verteilte die Ampullen an seine Kundschaft.

Auf dem Weg zu Mergenthaler kam ich zufällig an dem Haus vorbei, in dem Ursula wohnte. Ich wollte noch einen Versuch machen, sie für mich zu gewinnen. Also hielt ich vor einem Blumengeschäft an, kaufte einen großen Rosenstrauß und fuhr zu ihrem Haus zurück. Ich hatte vor, sie zum Abendessen einzuladen.

Gerade als ich aus dem Auto stieg, kam sie aus der Tür.

Ich stand vor ihr, den Rosenstrauß in der Hand. Aber sie schüttelte nur den Kopf, als sie mich sah, und zeigte auf die andere Straßenseite. Da stand ein weißer Sportwagen. Detlev saß am Steuer. Sie stieg ein und die beiden fuhren los.

Ich bekam eine so jähzornige Wut, dass ich wendete, den beiden folgte und absichtlich mit großer Geschwindigkeit auf den Sportwagen auffuhr. Ich wollte den weißen Wagen kaputt machen, ihn eindellen. Was ich nicht bedacht hatte in meiner Wut: Durch den Aufprall wurde Detlev gegen die Windschutzscheibe geschleudert, verlor die Gewalt über sein Auto, fuhr eine Schaufensterscheibe zu Bruch und landete in einer Metzgerei. Erst der Ladentisch brachte das Auto zum Stehen.

Schlagartig wurde mir klar, was ich da angerichtet hatte. In meiner Panik wollte ich schnell wegfahren. Aber auch mein Auto war zerbeult und ließ sich nicht mehr starten. Als ich ausstieg, schrie mich Ursula an: ›Du Verbrecher! Das hast du absichtlich gemacht! Ich hole die Polizei!‹

Da rannte ich einfach weg. Das war das Dümmste, was ich machen konnte. Damit hatte ich Fahrerflucht begangen. Und nicht nur das. Als ich außer Atem in der Apotheke ankam, wurde mir klar, dass die Polizei natürlich mein Auto untersuchen würde. Und sie würden das Morphium finden.

Ich hatte keine Lust, die nächsten Jahre im Gefängnis zu verbringen. Also nahm ich alles Geld aus der Ladenkasse, stieg in den nächsten Zug und fuhr zur französischen Grenze.

In Kehl traf ich einen Kerl, der Männer für die Fremdenlegion anwarb. Ich unterschrieb und landete in einer französischen Kaserne. Dann kamen die schrecklichsten fünf Jahre meines Lebens. Es war die Hölle. Nach diesen fünf Jahren wurde ich nach Frankreich entlassen. Ich wagte mich immer noch nicht zurück nach Deutschland. Dort drohte mir ja das Gefängnis. Ich nannte mich jetzt Gaston. Dieser Name war meinem richtigen Vornamen am ähnlichsten.

Ich mache es kurz: Ich lebte lange Jahre in Lyon und arbeitete in mindestens zehn Berufen. Schließlich bekam ich so starkes Heimweh, dass ich nach Babenberg zurückkehrte. Mein Vater war inzwischen gestorben. Ich wohnte nun in seinem Haus, immer in der Angst, man könnte meinen wahren Namen entdecken. Den Rest kennen Max und Bello ja.«

»Hast du jemals erfahren, was aus Ursula geworden ist?«, fragte Meike.

»Nein«, sagte Onkel Astor. »Ich weiß nur, dass sie diesen Detlev nicht geheiratet hat. In der Zeitung stand nämlich eine Meldung, dass Detlev van Loo und seine Gattin Gracia-Maria im Kreis ihrer fünf Kinder silberne Hochzeit feiern.«

»Hattest du ...«, fing Meike an. Sie zögerte. Die Frage fiel ihr wohl schwer. »Hattest du in Frankreich eine Freundin?«

»Nein«, sagte Onkel Astor. »Im Gegenteil!«

»Was ist denn das Gegenteil von einer Freundin?«, fragte Max.

»Ich hatte eine Wut auf alle Frauen«, sagte Onkel Astor. Er fasste nach Meikes Hand. »Erst Meike hat sie mir genommen.«

»Danke, Astor«, sagte Meike.

»Und was hat diese Geschichte mit Selina und Niklas zu tun?«, fragte Bello.

»Überhaupt nichts«, sagte Max. Er grinste Bello an. »Denn ich kann ja gar nicht Auto fahren.«

9.
Großer Schrecken

Am nächsten Morgen stand Max sehr früh auf. Heute war ja der Tag, an dem das Experiment stattfinden sollte, die Verwandlung von Bello in Herrn Bello.

Bello war schon beim ersten Morgenlicht aufgewacht und war dann ungeduldig im Zimmer auf und ab geschlichen, sehr leise, um Max nicht zu wecken. Als er merkte, dass auch Max wach war, kam er zum Bett, wünschte Max »Guten Morgen« und fragte: »Meinst du, dass ich schon heute früh den Saft zu trünken kriege?«

»Wir werden es bald wissen«, antwortete Max. »Lass uns erst mal hinuntergehen und frühstücken.«

Als die beiden nach unten kamen, saßen Meike und Onkel Astor schon am Tisch.

Max wünschte einen guten Morgen und auch Bello brummte: »Morgen!«

Onkel Astor nickte freundlich. Er hatte sich gerade einen Löffel Müsli in den Mund geschoben und konnte nicht sprechen.

»Guten Morgen, Max. Setz dich zu uns«, sagte Meike. »Für den Hund haben wir dort schon eine Wasserschüssel hingestellt. Was Hunde allerdings zum Frühstück fressen, weiß ich nicht.«

»Ich esse Haferflöcken mit Mulch«, antwortete Bello. »Ich wollte sagen: mit Mülch.«

Er schien ziemlich aufgeregt zu sein. So oft hatte er sich in letzter Zeit nicht versprochen. Wahrscheinlich war er mit seinen Gedanken schon bei der bevorstehenden Verwandlung.

Er fragte auch gleich: »Schlöft Herr Melchior noch? Worum ist er nücht da?«

»Der hat bestimmt die halbe Nacht über das Rezept für seinen Wundersaft nachgedacht und ist erst gegen Morgen zur Ruhe gekommen. Lassen wir ihn schlafen«, sagte Meike.

»Hoffentlich ist es ihm eingefallen, das Rezöpt«, sagte Bello.

»Jetzt iss erst mal dein Hundefrühstück«, sagte Meike, nahm die Packung mit den Haferflocken und das Milchkännchen vom Tisch, schüttete Flocken und Milch in einen Topf und stellte ihn für Bello auf den Fußboden.

Alle frühstückten nun. Auch Bello machte sich über sein Essen her.

Ein Sonnenstrahl fiel durch die geöffnete Terrassentür und malte ein strahlend helles Rechteck auf den Holzboden.

»Was für ein schöner, sonniger Morgen«, sagte Onkel Astor. »Wir haben wirklich Glück mit dem Wetter.«

Plötzlich hörte Bello auf zu fressen, witterte, zog die Luft ein und begann zu knurren.

»Bello, was hast du?«, fragte Max.

Hinter der Tür, die zum Turmzimmer führte, rumorte es. Bello begann heftig zu bellen, so laut und wild, wie Max es bei ihm noch nie erlebt hatte. Bevor er ihm zurufen konnte, dass er mit dem Lärm aufhören solle, hörte man plötzlich Herrn Melchiors laute Stimme hinter der Tür.

»Weg da! Los, geh weg!«, rief er. Dann noch etwas, was man nicht genau verstehen konnte, weil Bello noch lauter bellte. Es klang fast wie »Hilfe!«.

Meike, Onkel Astor und Max standen erschrocken von ihren Stühlen auf und gingen auf die Tür zu.

In diesem Moment wurde sie aufgerissen, Herr Melchior taumelte heraus und versuchte, die Tür schnell hinter sich zu schließen. Aber es gelang ihm nicht. Etwas Starkes drückte von der anderen Seite dagegen. Die Tür sprang weit auf, dann sah man, was Bello so in Schrecken versetzt hatte.

Durch die Tür kam ein riesiges Katzentier, ein grauschwarz gestreifter Tiger.

Bello jaulte entsetzt auf und stürmte mit einem mächtigen Satz aus der offenen Terrassentür ins Freie.

Erst waren alle wie gelähmt vor Schreck. Dann schrie Onkel Astor: »Vorsicht! Kommt zu mir!«

Er nahm das spitze Brotmesser vom Küchentisch, hielt es waagerecht von sich und stellte sich schützend vor Max und Meike.

»Geht ganz langsam rückwärts!«, befahl er. »Lasst das Tier nicht aus dem Blick, schaut ihm in die Augen, das können Raubtiere nicht vertragen, da weichen sie zurück. Langsam! Nicht so schnell! Keine hastigen Bewegungen, das weckt seinen Jagdinstinkt!«

Endlich erreichten die drei Meikes Schlafzimmer, schlüpften hinein und warfen die Tür zu.

Sie atmeten auf. »Das war knapp!«, sagte Max.

»Aber wo ist Papa?«, rief Meike. »Er ist ja noch draußen!«

In der allgemeinen Panik hatten sie nur an die eigene Rettung gedacht und Herrn Melchior außer Acht gelassen.

»Ihr bleibt hier, ich gehe noch mal raus«, sagte Onkel Astor. Er schaute sich im Zimmer nach einem Gegenstand um, den er als Waffe gebrauchen konnte.

»Ich muss leider deinen Vorhang abbauen«, sagte er zu Meike.

Er zog die Vorhangstange aus der Halterung und streifte die Vorhänge ab. Dann öffnete er vorsichtig die Tür und hielt die Vorhangstange wie einen Speer vor sich. Das lange Messer hatte er in den Gürtel gesteckt.

Draußen blickte er sich vorsichtig um. Die Riesenkatze machte sich gerade über Bellos Frühstück her und schlabberte die Haferflockenmilch aus dem Topf.

Herr Melchior stand in der Mitte des Zimmers und schaute ihr interessiert zu. Er kramte mit beiden Händen in den Taschen seines weißen Labormantels und schien nach etwas zu suchen.

Onkel Astor schlich zu ihm, fasste ihn am Arm und versuchte ihn wegzuziehen.

»Lass mich, Nestor!«, flüsterte Herr Melchior. »Wo habe ich nur meinen Kugelschreiber?«

Onkel Astor musste glauben, er habe sich verhört. »Sagtest du Kugelschreiber? Was um Himmels willen willst du mit einem Kugelschreiber? Bring dich lieber in Sicherheit«, flüsterte er zurück.

»Sehr interessant, sehr interessant! Frisst trotz der Größe wie eine gewöhnliche Katze«, murmelte Herr Melchior. Nun suchte er in der Brusttasche seines Mantels und fand dort tatsächlich den Kugelschreiber. Er blickte sich suchend nach einem Notizzettel um, ging dann vorsichtig an der Tigerkatze vorbei zur Küchenecke, nahm eine Papierserviette vom Tisch und machte sich darauf Notizen.

»Wenn das beobachtete Tier wie eine Hauskatze frisst, können wir annehmen, dass es sich Menschen gegenüber auch wie eine solche verhält«, murmelte er, während er schrieb. »Muss sofort untersucht werden.«

»Komm doch mit!« Onkel Astor zog noch heftiger an

Herrn Melchiors Arm. Der wehrte sich und versuchte, Onkel Astors Hand abzuschütteln. Das Katzentier wurde aufmerksam, hörte auf zu fressen und kam fauchend auf Onkel Astor zu.

Onkel Astor streckte dem Tier die Vorhangstange entgegen. »Los, rette dich, ich halte das Vieh in Schach!«, rief er Herrn Melchior zu.

Der kümmerte sich nicht darum. Zu Onkel Astors Verblüffung ging Herr Melchior auf das Tier zu, streichelte es und sagte: »Na, hast du schön gefressen? Hat es dir geschmeckt, ja?«

Der Katzentiger strich um Herrn Melchiors Beine und schnurrte dabei. Es klang nicht wie das Schnurren einer Hauskatze, eher wie der Motor eines elektrischen Rasenmähers.

Herr Melchior nickte zufrieden und machte sich weiter Notizen auf seiner Serviette.

Dann fragte er das Tier: »Du willst wohl noch mehr Milch?«

Er schaute sich auf dem Frühstückstisch um.

»Keine Milch mehr da«, sagte er. »Aber es gibt ja auch Sahne. Die magst du bestimmt noch lieber.«

Dann kam ihm wohl eine andere Idee. »Nein, die Sahne heb ich auf. Die wird vielleicht noch wichtig.« Er wandte sich an Onkel Astor. »Nimm doch diese doofe Stange da weg«, sagte er. »Du regst die Katze nur auf damit!«

»Katze?«, fragte Onkel Astor. »Du meinst: den Tiger!«

»Ach was, Tiger!«, sagte Herr Melchior. Er schaute sich um. »Wo sind denn Meike und Hans?«, fragte er.

»Im Schlafzimmer. Meike und Max haben sich in Sicherheit gebracht«, sagte Onkel Astor. »Kannst du mir bitte erklären, was hier los ist? Wie kommt der Tiger in deinen Turm? Warum tut er dir nichts?«

»Warum sollte mir meine Katze etwas tun?«, fragte Herr Melchior.

»Was redest du da? Das ist nie und nimmer deine Katze!«, sagte Onkel Astor.

»Na ja, du hast ja recht. Es ist nicht direkt meine Katze, sie ist mir zugelaufen«, gab Herr Melchior zu.

»Willst du damit sagen, dass dies die kleine, magere Katze ist, die gestern Abend den Hund so aufgeregt hat?«, fragte Onkel Astor.

»Genau die!«, sagte Herr Melchior.

Onkel Astor blickte ihn fassungslos an. »Was ist mit ihr passiert?«, rief er.

»Das kann ich dir erklären, Castor«, fing Herr Melchior an.

»Astor«, verbesserte Onkel Astor. »Komm mit zu den anderen. Sonst musst du alles noch einmal erklären. Und schließ bitte erst die Terrassentür. Am Ende entwischt uns dieses Monstervieh und versetzt die halbe Stadt in Schrecken. Ich geh schon mal vor und beruhige Meike und Max.«

Als Herr Melchior wenig später ins Schlafzimmer kam, war Onkel Astor schon damit beschäftigt, den Vorhang wieder anzubringen.

»Papa, jetzt musst du uns aber erklären, weshalb das Riesentier da draußen angeblich deine Katze ist«, sagte Meike. »Es sieht so aus, als hättest du mal wieder wild drauflosexperimentiert!«

»Du hast ja recht. Es tut mir auch leid«, sagte Herr Melchior mit einem schuldbewussten Gesichtsausdruck. »Ich war so glücklich, dass Franz das Mandragora mitgebracht hat ...«

»Max!«, unterbrach ihn seine Tochter. »Merk dir's doch endlich mal: Der Junge heißt Max.«

»Ist doch jetzt egal«, sagte Max. »Erzählen Sie weiter! Was war mit dem Mandragora? Wie ist das mit der Katze passiert? Und was machen wir jetzt mit dem Tier? Kann ich wohl raus, ohne dass es mich auffrisst? Ich muss doch nach Bello sehen!«

»Ein bisschen viele Fragen, die du mir da stellst, Max«, sagte Herr Melchior. Meike nickte zufrieden: Ihr Vater hatte tatsächlich mal den richtigen Namen des Jungen gebraucht.

»Erzähl einfach der Reihe nach«, sagte Onkel Astor.

»Eine gute Idee, Nestor«, sagte Herr Melchior. Meike schaute entnervt zur Zimmerdecke, verbesserte ihren Vater aber nicht.

»Das Mandragora roch genau so, wie ich es aus meiner Jugend in Erinnerung hatte. Wie damals, vor sechzig Jahren«, fing Herr Melchior an. »Ich konnte einfach nicht widerstehen. Ich konnte es nicht erwarten. Noch in der Nacht versuchte ich das Elixier genau so zu mixen, wie ich es damals getan hatte, vor sechzig Jahren. Die Flüssigkeit wurde auch wirklich azurblau, wie damals, vor sechzig Jahren. Ich war richtig zufrieden, richtig glücklich, wie damals ...«

»... vor sechzig Jahren«, ergänzte Onkel Astor.

»Genau! Ich stellte die Schüssel mit dem blauen Saft auf meinen Labortisch. Das sollte am nächsten Morgen die große Überraschung für Max und seinen Hund werden. Inzwischen war es bestimmt schon zwei oder drei Uhr morgens. Todmüde legte ich mich aufs Bett, ohne mich auszuziehen, und bin sofort eingeschlafen. In der Nacht hat die kleine Katze wohl Durst gehabt, ist auf den Tisch gesprungen, hat sich über die Schüssel hergemacht und von der Flüssigkeit getrunken. Anders kann ich es mir nicht erklären. Ich wurde davon wach, dass ein großes Tier auf mein Bett sprang und sich quer über mich legte. Ich bekam einen Riesenschreck und bin aus dem Turm gestürmt. Das Weitere wisst ihr ja selbst.«

»Hm. Und wie kriegen wir die Katze wieder klein?«, fragte Onkel Astor. »So wie sie ist, kann sie nicht bleiben. Bei Melchior war sie ja ganz zahm. Den kennt sie, der hat sie täglich gefüttert. Mich hat sie angefaucht.«

»Man muss ihr Merkurialwasser geben!«, sagte Max. »Das macht die Wirkung des Safts wieder rückgängig.«

»Der Junge ist ganz schön klug!«, rief Herr Melchior. »Genau so ist es. Merkurialwasser, ja!«

»Wird sie das aber trinken?«, fragte Max. »Das Zeug schmeckt scheußlich.« Beinahe hätte er »schüsslig« gesagt. Das erinnerte ihn wieder an seine Sorge um Bello. »Meinen Sie, ich kann raus und nach meinem Hund suchen?«, fragte er.

»Bleib mal lieber noch hier, bis das Katzentier entweder im Turm eingesperrt oder wieder normal klein ist«, riet ihm Onkel Astor. »Man weiß nicht, wie es zu Unbekannten ist. Als es mich vorhin angefaucht hat, hat sich das angehört wie ein Staubsauger auf Hochtouren. Ganz schön gefährlich.«

»Außerdem kriegst du Bello sowieso nicht ins Haus, solange das Vieh noch drin ist«, sagte Meike.

»Ich sehe die gleiche Schwierigkeit, die Mark genannt hat«, sagte Herr Melchior. Er hatte den Namen schon wieder vergessen. »Wie kriege ich die Katze dazu, das stinkende Merkurialwasser zu trinken? Eine kleine Möglichkeit gibt es vielleicht. Katzen mögen Sahne noch lieber als Milch. Wenn ich das Merkurialwasser mit der Sahne vermische, nimmt das Tier vielleicht den störenden Nebengeruch in Kauf. Mal sehen!«

Herr Melchior ging aus dem Zimmer. Er ließ die Tür angelehnt, schloss sie nicht ganz. Onkel Astor schaute durch den Türspalt.

»Was macht Herr Melchior?«, fragte Max. »Onkel, sag doch was!«

»Jetzt nimmt er das Sahnekännchen vom Tisch«, berichtete Onkel Astor. »Das Vieh streicht um seine Beine und wirft ihn fast um. Er schafft es, die Tür zum Turmzimmer aufzumachen. Jetzt geht er hinein. Sehr gut, das Tier folgt ihm. So, jetzt ist die Tür zu!«

Er drehte sich zu Max und Meike um. »Wir können wieder raus. Das Tier ist im Turm. Nun muss Melchior allein mit ihm zurechtkommen.«

Das war das Stichwort für Max. Er rannte aus dem Zimmer, riss die Terrassentür auf und rief hinaus: »Bello? Bello, wo bist du? Du kannst wieder reinkommen, die Riesenkatze ist eingesperrt!«

Bello war nicht zu sehen. Er antwortete nicht und kam auch nicht.

Max ging zurück ins Zimmer und fragte: »Onkel Astor,

hilfst du mir, Bello zu suchen? Er ist spurlos verschwunden.«

»Der ist in seiner Panik drauflosgestürmt. Wer weiß, wie lange er gerannt ist, bis er sich endlich beruhigt hat. Hoffentlich findet er überhaupt zurück«, sagte Onkel Astor.

»Er kann ja nach dem Weg fragen«, sagte Meike, die zugehört hatte. »Immerhin kann er sprechen.«

»Das wird er nicht tun«, sagte Max. »Er darf doch vor anderen Menschen nicht zeigen, dass er das kann.«

»Max hat recht«, sagte Onkel Astor. »Außerdem weiß er ja nicht mal, wie die Straße hier heißt, und schon gar nicht, welche Hausnummer wir haben. Er könnte höchstens fragen: ›Können Sie mir sagen, wie ich zu Meike und Herrn Melchior zurückfinde?‹«

»Dann komm ich mit euch suchen. Falls ich Papa mit dem Katzenvieh allein lassen kann«, sagte Meike. »Ich frag ihn mal!«

Sie ging zur Turmtür, klopfte und lauschte. »Ist alles in Ordnung bei dir, Papa?«, rief sie.

Herr Melchior öffnete die Tür. »Die Katze hat sich schlafen gelegt«, flüsterte er.

»Die Katze?«, fragte sie. »Ist sie schon wieder klein? Hat sie dieses komische Wasser getrunken?«

»Noch nicht«, flüsterte Herr Melchior. »Aber der Hunger und der Durst werden sie schon dazu bringen. Lassen wir sie erst mal schlafen.«

»Wir suchen jetzt den Hund von Max«, sagte sie. »Er ist abgehauen und nirgends zu sehen.«

»Dann sucht mal schön!«, sagte Herr Melchior und schloss die Tür.

Während Meike nun ihre Turnschuhe anzog, hörte sie Max und Onkel Astor schon draußen rufen: »Bello! Bello, komm! Bello, hierher!«

Aber Bello kam nicht.

Länger als eine Stunde streiften die drei durch die angrenzenden Straßen und Plätze, riefen Bellos Namen und hielten nach ihm Ausschau. Sie hatten sich getrennt und das Gebiet unter sich aufgeteilt.

Als sie sich schließlich gegen Mittag beim Haus wiedertrafen, war Herr Bello immer noch nicht aufgetaucht.

»Max, jetzt können wir nur warten und hoffen, dass Bello den Weg zurück findet«, sagte Onkel Astor.

»Das soll uns aber nicht davon abhalten, erst mal schön zu Mittag zu essen«, sagte Meike.

»Ich esse keinen Bissen, bevor Bello nicht wieder da ist«, sagte Max.

Hätte er diesen Vorsatz wahr gemacht, hätte er sehr lange hungern müssen!

10.

Die Entführung

Bello erzählt

Als diese Riesenkatze ins Zimmer kam, bin ich vorsichtshalber rausgegangen. Wenn kleine Katzen kleine Krallen haben, haben Riesenkatzen wahrscheinlich Riesenkrallen. So groß und dick wie dieses Ding mit Stiel, mit dem Max immer das Laub zusammenkehrt. Ich glaube, er nennt es Rechen.

Na ja, ehrlich gesagt bin ich nicht rausgegangen, sondern eher rausgerannt. Ziemlich schnell sogar. So schnell ich konnte. Man kann ja nicht wissen, ob dieses Tier nicht hinter einem herkommt. Am Straßenrand bin ich fast mit einem Auto zusammengestoßen. Ich meine: gegen ein Auto gestoßen, denn es stand ja da. Ein komisches Auto. Es sah aus wie ein viereckiger Kasten aus Blech.

Ich raste die Straße entlang und guckte mich manchmal um. Ich wollte sehen, ob das Tier vielleicht hinter mir her war. Aber hinter mir her fuhr nur das viereckige Auto. Es fuhr recht langsam. Langsam für ein Auto, meine ich. Immer neben mir her. Ich raste um eine Ecke und das Auto fuhr um genau dieselbe Ecke.

Mit der Zeit ließ meine Angst vor der Katze nach. Ich wollte sagen, meine Vorsichtigkeit. Denn Angst hab ich ja nie. Na ja, jedenfalls sehr selten.

Langsam fand ich es spannender, dass dieses Auto immer dahin fuhr, wohin ich rannte. Ich probierte es aus und rannte über einen Platz und dort eine Steintreppe hoch. Als ich oben ankam, stand das Auto schon da. Es war außen herum gefahren und hatte wirklich auf mich gewartet.

Ich weiß ja, dass Autos nicht allein fahren können. Drinnen sitzt immer ein Mensch. Manchmal ein Mann, manchmal eine Frau.

Ich war ziemlich neugierig geworden und wollte wissen, wer da drinnen saß. Ich ging näher ran.

Da ging auch schon die Autotür auf und ein Mann stieg aus. Ich staunte: Es war der Mann mit der roten Jacke, der bei uns im Zug gesessen hatte.

Onkel Astor hatte recht gehabt. Der Mann war uns heimlich gefolgt. Dann hat er wahrscheinlich sein Auto geholt, sich reingesetzt und auf mich gewartet.

Dass er auf mich gewartet hatte, merkte ich nämlich sehr schnell.

Er kam auf mich zu und sagte: »Na, Bello, du hast doch bestimmt Hunger. Sieh mal, was ich Schönes für dich habe.«

Ich war ziemlich stolz, dass er sich sogar meinen Namen gemerkt hatte, und war natürlich neugierig, was das Schöne sein könnte.

Er machte eine Klappe hinten am viereckigen Auto auf und sagte: »Jeder Hund frisst gerne Fleischwurst. Oder muss man bei dir sagen: isst gerne Fleischwurst?«

So was Merkwürdiges. Er hatte wirklich einen Ring Fleischwurst auf dem Boden von dem kleinen Raum dahinten liegen, vom Kofferraum, wie Max das nennt.

Er holte einen Holzstab aus der Tasche, den klappte er auf und ein Messer kam heraus. Damit schnitt er ein großes Stück Wurst ab und hielt es mir hin.

»Magst du das, Bello?«, fragte er.

Ich merkte genau, dass er mich zum Reden bringen wollte. Ich war natürlich schlau und habe als Antwort nur kurz gebellt.

Gerade als ich in die Wurst beißen wollte, zog er die Hand zurück und versteckte sie hinter seinem Rücken.

»Sag erst ›bitte‹, dann gibt's Wurst!«, sagte er.

Ich hatte einen ziemlich großen Hunger. Schließlich hatte ich mein Frühstück nicht essen können, weil dieser gefährliche Tiger dazwischengekommen war. Ich hätte gerne ein Stück Wurst gegessen. Sie hat auch sehr, sehr gut gerochen. Aber ich sagte nichts, guckte ihn an und tat so, als hätte ich ihn nicht verstanden.

»Komm, sag was! Ich weiß genau, dass du sprechen kannst«, sagte er.

Um mich nicht zu verraten, fing ich an zu bellen.

Der Mann schaute sich um. »Hör sofort auf zu bellen!«, befahl er.

Er hatte wohl Angst, dass andere Menschen sich fragen könnten, was der Mann und der Hund da machten. Oder vielleicht sogar, dass Max mich findet und wieder mit zu Herrn Melchior nimmt.

Der Mann holte die Wurst hinter seinem Rücken hervor und gab sie mir. Ich fing an, die Wurst zu kauen. Sehr gute

Wurst, muss ich nachträglich sagen! Auch die Haut war nicht schlecht.

Noch während ich die Wurst aß, fasste er mich plötzlich am Halsband und gleichzeitig unter dem Bauch, hob mich hoch, warf mich in den Kasten und schlug die hintere Tür zu.

Das tat weh. Vor Schreck ließ ich die angebissene Wurst aus dem Maul fallen. Ich versuchte, wieder hinauszukommen, aber die Tür war fest geschlossen.

Der Mann stieg vorne ein, ließ den Motor an und fuhr sehr schnell los. So schnell, dass ich umfiel.

Nun war mir alles egal. Ich schrie: »He, lass mich raus! Du kannst mich nicht einfach dahinten reinwerfen! Halt an! Los! Lass mich sofort raus!«

Der Mann drehte sich halb zu mir um und sagte grinsend: »Ach, du kannst also doch sprechen. Wer hätte das gedacht!«

»Lass mich sofort raus, du Arsch!«, schrie ich.

Das war ein schlimmes Schimpfwort, das wusste ich. Robert aus der Klasse von Max hat es mal gesagt. Mir hat das Wort gefallen und ich habe es ständig vor mich hin gesprochen. Papa Sternheim hat es gehört und mir verboten, dieses Wort noch mal zu sagen.

»Wie elegant und höflich dieser Hund doch reden kann!«, sagte der Mann.

»Lass mich sofort raus oder ich beiße zu! Ich habe scharfe Zähne!«, rief ich und fing an zu knurren. Damit er merkte, dass ich es ernst meinte.

Der Mann hielt tatsächlich an. Er kam ums Auto herum und öffnete die Seitentür. Ich dachte: Jetzt lässt er mich frei, und freute mich schon.

Aber er fasste im Auto nach oben, ließ so eine Art Netz herunter und machte es unten fest.

Jetzt war ich wie in einem Käfig gefangen. Hinter mir die geschlossene Tür, vor mir dieses Gitternetz.

»Tja, wird wohl nichts mit Beißen«, sagte er dann, stieg wieder ein und fuhr weiter.

Wir fuhren ganz lange. Wahrscheinlich eine Million Stunden oder so. Raus aus der Stadt.

Am Stadtrand hielt das Auto. Ich guckte aus dem Fenster. Draußen war ein merkwürdiges, riesiges Haus. Es war ganz aus grauem Stoff, wie das Zelt, das ich mal bei Moritz Brandauer im Garten gesehen hatte, zusammen mit Max. Damals war ich noch der Herr Bello gewesen. Dieses Zelthaus war aber anders. Es war rund und oben spitz. Ringsherum hingen kleine Fahnen und Lichter.

Daneben standen noch merkwürdigere Häuschen. Sie waren aus Holz und sahen ein bisschen wie Eisenbahnwagen aus. Sie hatten unten nämlich Räder. Sie waren weiß angestrichen und quer über jeder Hauswand stand was in roter Farbe. Ich kann ja nicht lesen, sonst hätte ich gleich gewusst, dass wir bei einem Zirkus angekommen waren. Das habe ich erst später gelernt, als der Mann mit der roten Jacke mit Herrn Branco sprach.

Aber der Reihe nach.

Das Auto hielt also an, mein Fahrer öffnete die Autotür.

Aus einem der Wagen kam ein Mann heraus. Er hatte hellbraune Haare und einen Bart über dem Mund. Er trug hohe Stiefel. Die breite Hose hatte er in die Stiefel gesteckt. Oben hatte er nur ein weißes Unterhemd an. Seine Arme hatte er vollgemalt, da waren ganz viele blaue Bilder zu sehen.

Er kam zum Auto, guckte zu mir rein und fragte den Mann in der roten Jacke: »He, Edgar, was hast du uns denn da mitgebracht? Das ist ja ein Hund! Das war aber nicht so ausgemacht.«

Ich fand es gemein, dass der Mann mit der roten Jacke den gleichen Namen hatte wie Herr Edgar, der Freund von Papa Sternheim. Herr Edgar hatte mich damals aufgenommen, als ich niemanden hatte und auf seinen Bauernhof kam. Und er hat mich nicht fortgeschickt, obwohl ich seine

Hühner ein bisschen gejagt habe. Nur aus Spaß natürlich. Nicht, dass ich die etwa essen wollte.

Und dieser Edgar hier war grob und böse. Er hatte mich einfach in sein Auto geworfen und mitgenommen.

»Ich hab mich umgehört bei Kollegen«, sagte Edgar. »Einen jungen Löwen können wir uns nicht leisten. Viel zu teuer für unsere Verhältnisse.«

»Und als Ersatz bringst du einen Hund«, sagte der Mann. »Wie originell!«

»Du wirst staunen, Branco«, sagte Edgar. »Dieser Hund wird uns viel Geld bringen. Der wird *die* Sensation! Der Zirkus Binotto wird bald der bekannteste Zirkus Europas sein!«

»Dieser Hund?«, fragte Branco und öffnete die hintere Klappe, um mich genau anzuschauen. »Wie kommst du auf die Idee?«

»Vorsicht, er beißt!«, rief Edgar und schlug die Klappe schnell wieder zu. Inzwischen waren noch ein paar Männer dazugekommen und schauten durch die Autofenster zu mir rein.

Edgar sagte zu einem von ihnen: »Hol mal einen Maulkorb!«

Ich wusste da noch nicht, was das ist, so ein Maulkorb. Aber schnell lernte ich es kennen. Edgar öffnete wieder die hintere Tür, und bevor ich begriffen hatte, was er machte, hatte er mir schon so ein Ding über die Schnauze gezogen. Jetzt konnte ich mein Maul nur noch ganz wenig aufmachen. Edgar fasste mich am Halsband und zog mich heraus. Ich knurrte ihn wütend an und versuchte mich loszureißen.

»Holt mal eine Leine oder einen Strick, sonst haut der Hund noch ab!«, sagte er.

Einer der Männer brachte einen langen Strick. Edgar machte ihn an meinem Halsband fest.

Aus der Tür von Brancos Wagen kam ein rosa Mädchen herausgehüpft. Es hatte ein rosa Oberteil an und eine rosarote Hose und hatte ein rosa Band im Haar. Es war ungefähr so groß wie Max oder wie Selina.

Das Mädchen kam zu mir.

»Ein schöner Hund! Der sieht nett aus«, sagte sie und strich mir übers Fell. Das tat gut. Endlich mal jemand, der freundlich zu mir war.

»Vorsicht, Paloma, der ist gefährlich«, sagte Edgar. »Er beißt.«

»Ja, geh lieber nicht zu nah ran, Töchterchen«, sagte Branco. Er war also der Vater von diesem rosa Mädchen.

»Er hat doch einen Maulkorb um«, sagte sie. »Außerdem sieht er überhaupt nicht bissig aus. Eher traurig. Bissige Hunde knurren immer. Der hier knurrt überhaupt nicht.«

Sie streichelte mich weiter.

»Du hast mir immer noch nicht gesagt, was an diesem Hund besonders sein soll«, sagte Branco zu Edgar. »Kann er irgendwelche Kunststücke?«

»Er kann sprechen«, antwortete Edgar.

»Sprechen? Ein guter Witz!«, sagte Branco.

Die Männer, die außen herumstanden, lachten. Einer sagte zu Branco: »Dein Dompteur hat wohl zu tief in die Schnapsflasche geschaut, Chef! Jetzt hört er Stimmen. Hundestimmen!«

»Euch wird das Lachen noch vergehen«, sagte Edgar

wütend zu den Männern. »Wenn unser Zirkus erst mal in allen Zeitungen steht und die Zuschauer Traumpreise zahlen, um den Wunderhund zu erleben, werdet ihr anders reden!«

»Was kann er denn sagen? Wau, wau oder wuff, wuff?«, fragte lachend ein anderer Mann.

Edgar beugte sich zu mir hinunter. »Zeig den Hohlköpfen hier, dass sie dich falsch einschätzen. Sie halten dich für einen ganz gewöhnlichen, dummen Hund«, flüsterte er. »Beweise ihnen, dass du was Besonderes bist!«

Laut sagte er: »Bello, sag mal zu Branco: ›Guten Tag, Herr Direktor!‹ Los, Bello!«

Ich fing an zu bellen. Nicht sehr laut. Es war eher ein Winseln. Durch den doofen Maulkorb konnte ich mein Maul nicht richtig aufmachen.

Die Männer lachten noch mehr. Branco schüttelte den Kopf.

»Kann man ihm den Maulkorb nicht wieder abnehmen?«, fragte Paloma. »Ihr seht doch, wie Bello sich quält!«

»Den kriegt er abgenommen, wenn er im Käfig ist«, sagte Edgar.

»In welchem Käfig?«, fragte Paloma.

»Na, in dem, der jetzt leer steht. In dem der alte Löwe gewohnt hat«, sagte Edgar.

Er zog mich am Strick hinter sich her zu einem der Wagen. Die Vorderseite des Wagens war nicht aus Holz, sie bestand aus einem Eisengitter. Er öffnete eine seitliche Tür, nahm mir den Maulkorb ab und schubste mich schnell hinein. Dann schob er die Tür zu und verschloss sie mit einem Schlüssel.

Ich untersuchte mein Gefängnis. Der Boden war dick mit Stroh bedeckt. Es roch unangenehm nach Katze. Das war der Geruch des Löwen, der mal hier drinnen gefangen gewesen war. Genau wie ich jetzt.

Edgar kam ganz nah ans Gitter und sagte so leise, dass es die anderen nicht hören konnten: »So, du bleibst jetzt da drinnen, bis du anfängst zu sprechen. Denk nur nicht, dass du etwas zu fressen bekommst! Du hungerst so lange, bis du den ersten Satz gesagt hast. Guten Aufenthalt und viel Vergnügen!«

Er drehte sich noch mal um und sagte: »Du musst nur laut nach Edgar rufen. Ich komme auf der Stelle und lasse dich raus.«

Ich verkroch mich in die hinterste, dunkelste Ecke, legte mich flach hin und steckte den Kopf zwischen die Vorderpfoten.

Musste ich jetzt für immer bei diesem groben, fiesen Edgar bleiben? Ich war verzweifelt.

Ich dachte an Max. Der würde mich bestimmt überall in der Stadt suchen. Aber wie sollte er mich hier draußen finden? In einem Käfig in einem Zirkus!

Sobald die Ferien zu Ende waren, musste Max wieder nach Hause fahren. Was würde Papa Sternheim sagen, wenn Max weder mit Bello noch mit Herrn Bello zurückkam?

11.

Inzwischen in Herrn Melchiors Haus

Max hatte wirklich sein Mittagessen nicht angerührt, sosehr Meike ihn auch dazu drängte.

»Ich kann doch nicht hier sitzen und gemütlich Brokkoli essen, während mein Bello durch irgendwelche Straßen rennt und nicht zurückfindet«, sagte er. »Außerdem esse ich Brokkoli sowieso nicht besonders gerne.«

»Dann iss einfach ein Butterbrot«, sagte Onkel Astor.

»Versprecht ihr mir, dass ihr dann noch mal mit mir zusammen nach Bello sucht?«, fragte Max.

Onkel Astor sagte: »Max, es hat wenig Zweck. Wir haben eine ganze Stunde nach ihm gesucht und seinen Namen gerufen. Wir können jetzt nur hoffen, dass er irgendwann seinen Schock überwindet und sich wieder nach Hause traut. Er wird seiner eigenen Spur nachgehen. Hunde haben eine gute Nase.«

»Astor hat recht«, stimmte Meike zu. »Wir können jetzt nur warten und die Terrassentür für ihn offen lassen.«

»Ich will nicht nur warten«, sagte Max. »Ich suche weiter!«

Als er zwei Stunden später wieder zurückkam, hatte er zwar viel von der Stadt gesehen und Dutzende von Straßen und Plätzen kennengelernt, aber Bello hatte er nicht gefunden.

Am Ende hatte er sich sogar völlig verirrt und hatte lange gebraucht, bis er endlich wieder vor Herrn Melchiors Haus stand.

Im Wohnzimmer ließ er sich in einen der Sessel fallen, erschöpft und verzweifelt. »Ich hab ihn nicht gefunden«, sagte er leise. »Er ist spurlos verschwunden.«

»Du darfst die Hoffnung nicht aufgeben«, sagte Onkel Astor. »Du wirst sehen, spätestens heute Abend kommt er hier durch die Terrassentür marschiert und fragt, als ob nichts gewesen wäre: ›Ist das Abendessen endlich förtig?‹«

Onkel Astor hatte recht. Das wäre typisch für Bello. Max musste bei dieser Vorstellung unwillkürlich lächeln.

Onkel Astor, der sah, dass Max bei der Schilderung seinen Kummer für einen Moment vergessen hatte, machte gleich weiter. Er ahmte Bellos tiefe Stimme nach und sagte: »Angst? Ich habe doch koine Angst gehabt, nein. Ich wollte nur einen kloinen Ausflug machen und mir die Zeit vertreiben, bis diese doofe Katze wieder weg ist.«

Jetzt musste Max sogar lachen. Meike lachte mit ihm.

»Was ist eigentlich mit der Katze passiert?«, fragte Max.

»Sie scheint wieder normal zu sein«, sagte Onkel Astor. »Jedenfalls haben wir nichts mehr von drüben gehört.«

»Und wie ist sie wieder klein geworden?«, fragte Max.

»Da musst du meinen Vater fragen«, sagte Meike.

Als habe er nur auf sein Stichwort gewartet, kam Herr Melchior aus der Turmtür. Er trug die Katze im Arm. Sie war wirklich wieder so klein wie am Vorabend. Nein, sie schien sogar kleiner zu sein als vorher!

»Das Kätzchen hat Hunger«, sagte er. »Ist noch was vom Mittagessen übrig?«

»Ich glaube nicht, dass Katzen Brokkoli mögen«, sagte Meike.

»Gewisse junge Männer können das sehr gut nachempfinden«, sagte Onkel Astor und schaute Max dabei an.

Der ging nicht darauf ein und fragte: »Herr Melchior, wie haben Sie die Wirkung des blauen Safts wieder rückgängig gemacht? Haben Sie der Katze Merkurialwasser gegeben? Hat sie das wirklich getrunken? Hat es nicht zu scheußlich geschmeckt?«

»Wie üblich stellt mir Hans sehr viele Fragen auf einmal«, antwortete er.

Meike schüttelte bei »Hans« genervt den Kopf, verbesserte ihren Vater aber nicht.

Herr Melchior legte Max die Hand auf die Schulter. »Deine Fragen zeigen allerdings einen großen Sachverstand. Es stimmt. Das Merkurialwasser hätte die Katze nie und nimmer getrunken, selbst wenn sie am Verdursten gewesen wäre. Auch mit Sahne vermischt hat sie es abgelehnt. Dann fiel mir ein, dass Katzen ganz wild hinter Baldrian her sind und nicht genug davon kriegen können. Ich habe tatsächlich ein Fläschchen mit Baldrian-Tinktur in meinem Labor gefunden. Als ich den Stöpsel aus der Flasche zog, hätte mich das Riesenvieh beinahe umgeworfen. Schon der Geruch hat es wild gemacht. Ich habe schnell den halben Inhalt des Fläschchens in die Schüssel mit dem Merkurialwassergemisch geschüttet. Ihr hättet sehen sollen, wie gierig sich das Tier darauf gestürzt hat! Fast mit einem einzigen Zug hat es die Schüssel leer geschlürft.«

»Und dann?«, fragte Max.

»Dann ist dieses Tier im Labor herumgerast, über den Tisch gesprungen und schließlich die Treppe hochgestürmt, so schnell wie in manchen Filmen, wo alle Bewegungen so überschnell sind«, sagte er.

»Papa, woher kennst du überhaupt Filme?«, fragte Meike. »Du hast doch seit Jahrzehnten das Haus nicht mehr verlassen.«

»Oh, auch schon vor sechzig Jahren gab es Filme«, sagte Herr Melchior stolz. »Als junger Mann bin ich oft ins Kino gegangen. Besonders gut hat mir die Geschichte von Frankenstein gefallen. Da gab es ein Labor und es wurde interessant experimentiert. Ein wirklich netter Film. Er hat mich an meine eigene Arbeit erinnert. Dieser Doktor Frankenstein hat einen künstlichen Menschen geschaffen. Der war aber ziemlich böse, wenn ich mich recht erinnere. Wie gut, dass Herr Benno nicht so ein Monster geworden ist.«

»Herr Bello!«, verbesserte ihn seine Tochter.

»Meinetwegen Herr Bello«, sagte Herr Melchior. »In diesem Film …«

Max, der keine Lust hatte, sich Filmgeschichten erzählen zu lassen, unterbrach ihn.

»Ja, ja, ich kenne den Film«, sagte er. »Aber im Moment will ich lieber wissen, wie es mit der Katze weiterging.«

»Als das Riesentier dann oben war, hat es sich beruhigt und in sein Papiernest gelegt, das natürlich viel zu klein war. Ich bin wieder nach unten gegangen, ins Labor, und habe meine Notizen studiert. Ich wollte rauskriegen, was am blauen Elixier falsch gewesen war. Als ich später wieder nach oben kam, lag die Katze im Nest und schlief.«

»Ist sie nicht kleiner als gestern Abend?«, fragte Max.

»Kleiner oder jünger. Das kann man schlecht feststellen«, antwortete Herr Melchior. »Weil jüngere Katzen ja kleiner sind als erwachsene.«

»Haben Sie denn herausgefunden, was am blauen Saft falsch war?«, fragte Max. »Wenn Bello den getrunken hätte, wäre er wahrscheinlich ein Riesenhund geworden. Und wenn er dann das Merkurialwasser getrunken hätte und auch kleiner geworden wäre, hätte ich jetzt vielleicht einen Dackel als Hund. Er soll aber doch wieder der Herr Bello werden, der er mal war.«

»Ja, das soll er und das wird er auch«, sagte Herr Melchior. »Wo ist dein Hund überhaupt?«

Er war die ganze Zeit in seinem Turm gewesen und hatte gar nicht mitgekriegt, dass Bello verschwunden war.

Max erzählte es.

»Hm«, machte Herr Melchior. »Und ich hatte mich schon

darauf gefreut, dass heute Abend fünf Menschen um den Tisch sitzen.«

»Fünf Menschen?«, fragte Onkel Astor, der bis dahin stumm zugehört hatte.

»Wir vier und Herr Bello«, erklärte ihm Max. »Aber kann man sich denn darauf verlassen, dass Sie diesmal die richtige Mischung hinkriegen und Bello kein Riesenvieh wird oder ein grasgrüner Hund mit Ohren bis zum Fußboden?«

»Du kannst dich darauf verlassen, Bello. Ich wollte sagen, Max«, antwortete Herr Melchior. »Ich habe meine Unterlagen noch mal durchgelesen und rausbekommen, welchen Fehler ich gemacht hatte. Ich habe nämlich was verwechselt. Auf meinem Notizzettel stand ›Azurit‹, aber ich habe stattdessen Anthrazit genommen. Ich weiß nicht, wie das gekommen ist. Ich verwechsle sonst nie etwas. Ich hätte es merken müssen, denn Anthrazit ist gar nicht blau. Jedenfalls hab ich das Elixier noch mal neu gemischt. Diesmal mit Azurit. Und ich habe die Schüssel mit einem schweren Buch verschlossen. Damit sich die Katze nicht noch mal drüber hermachen kann.«

»Und Sie sind ganz sicher, dass es diesmal das richtige Elixier ist? Das gleiche wie damals vor sechzig Jahren?«, fragte Max.

»Um ganz sicherzugehen, kann ich es ja der Katze zu trinken geben«, schlug Herr Melchior vor.

»Das darf nicht dein Ernst sein, Papa!«, rief Meike. »Dann hätten wir außer einem Hundemenschen oder Menschenhund auch noch eine Katzenfrau! Nein, nein, nein!«

»War nur so ein Vorschlag«, sagte Herr Melchior. »Außerdem ist der Hund sowieso nicht da. Und solange Benno nicht da ist …«

»Bello!«, verbesserte Max.

»… so lange kann er sowieso kein Elixier trinken.«

»Hoffentlich kommt er bald zurück«, sagte Max. »Wo er nur sein mag?«

12.

Im Zirkus

Bello erzählt weiter

Langsam begriff ich, wo ich war. Edgar hatte es »Zirkus« genannt. Und ich begriff auch bald, was das war, ein Zirkus.

Ich stellte nämlich fest, dass es außer mir noch eine Menge anderer Tiere gab. Ich sah sie nicht, aber ich hörte nebenan Pferde wiehern. Ich hörte auch eine Ziege meckern. Ein Mann in einem blauen Anzug mit silbernen Knöpfen führte eine Art Riesenpferd an meinem Käfig vorbei. Es hatte lange, braune Haare und auf dem Rücken zwei Höcker. Es machte einen ziemlich eingebildeten Eindruck und trug den Kopf sehr hoch.

Als es langsam dunkel wurde, gingen ganz viele kleine Lichter an und ich hörte viele Menschen sprechen.

Edgar kam mit einem anderen Mann zu meinem Käfig. Edgar war sehr schön angezogen. Er trug jetzt eine andere rote Jacke, mit goldenen Schnüren und Sternen oben auf den Schultern. Der andere Mann hatte einen schmutzig blauen Arbeitsanzug an. Die beiden schauten durch die Gitterstäbe zu mir rein und Edgar sagte: »Na, hast du immer noch keinen Hunger? Du weißt, du musst nur nach mir rufen, dann bekommst du ein schönes Abendessen.«

Natürlich hatte ich Hunger. Ich hatte ja seit dem Frühstück nur einen Bissen Fleischwurst gegessen. Aber ich blieb still.

Edgar sagte zu dem Mann: »Komm, wir hängen eine Plane vor seinen Käfig. Nicht, dass ihn ein Zuschauer sieht!«

»Warum soll ihn keiner sehen? Ist doch ein ganz normaler Hund«, sagte der Mann.

»Erstens fragen dann die Leute, weshalb wir einen ganz normalen Hund in den Löwenkäfig sperren. Und zweitens könnte ja sein Besitzer zufällig unsere Zirkusvorstellung besuchen und dabei seinen Hund entdecken«, sagte Edgar.

»Sein Besitzer?«, fragte der Mann. »Heißt das, der Hund gehört dir gar nicht? Sag nur, du hast ihn geklaut!«

»Was heißt geklaut?«, sagte Edgar. »Er war sozusagen herrenlos. Ich habe ihn auf der Straße aufgelesen.«

»Weiß das der Direktor? Der denkt doch, du hast ihn für das Geld gekauft, mit dem du einen jungen Löwen besorgen solltest«, sagte der Mann. »Was hast du überhaupt mit dem Hund vor? Willst du ihm Kunststücke beibringen wie deinen vier Ziegen?«

»Ich muss ihm kein Kunststück beibringen, er kann schon eines. Er will es nur noch nicht zeigen«, sagte Edgar. »Jetzt hilf mir, die Plane vor das Gitter zu spannen! Gleich kommt mein Auftritt.«

Es wurde dunkel in meinem Käfig. Nur seitlich, am Rand der Plane, fiel ein schmaler Streifen Licht herein.

Eine ganze Weile lag ich im Finstern. Draußen, vor dem Käfig, hörte ich Menschen vorbeigehen. Dann spielte plötz-

lich eine laute Musik. Sie kam aus dem großen, runden Zelt. Als die Musik aufhörte zu spielen, klatschten Menschen in die Hände. Es waren viele Menschen, das hörte ich. Aus dem Zelt kamen laute Rufe. Dann spielte wieder die Musik.

Plötzlich wurde es heller in meinem Käfig. Jemand hatte die Plane ein Stück gehoben und das Licht der Laternen fiel zu mir herein. Ich konnte nicht erkennen, wer es war, weil mich die Lichter blendeten. Ich sah nur eine dunkle Gestalt. Sie war viel kleiner als Edgar.

»Bello?«, rief leise eine Mädchenstimme. »Bello, wo bist du?«

Jetzt erkannte ich sie. Es war die Tochter des Direktors. Wie hatte er sie genannt? Paloma!

Paloma war freundlich zu mir gewesen, als ich aus dem Auto geholt worden war. Sie hatte mich gestreichelt. Ich stand auf und kam aus dem Dunkel zu ihr hin.

»Da bist du ja!«, sagte sie. Sie streckte ihren Arm durchs Gitter, kraulte mich hinter dem rechten, langen Ohr. Komisch, jetzt in diesem Käfig war es mir völlig egal, ob ein Ohr länger war als das andere. Jetzt war es mir nur wichtig, dass Max mich fand und befreite.

Sie strich mir übers Fell und sagte: »Armer Hund, armer Bello, sie haben dich eingesperrt. Dabei bist du so ein netter Hund. Gar nicht bissig.«

Sie kam ganz nah ans Gitter und schaute sich suchend im Käfig um. »Wo haben sie denn dein Fressen hingestellt?«, fragte sie. »Hast du gar nichts zu fressen bekommen?«

Unwillkürlich schüttelte ich den Kopf.

Paloma schaute mich überrascht an. »Hast du gerade den Kopf geschüttelt?«, fragte sie. Sie wollte sicher sein, dass sie sich nicht getäuscht hatte, und fragte ein zweites Mal: »Hast du gar nichts zu fressen bekommen?«

Diesmal war ich vorsichtiger. Ich guckte hundemäßig vor mich hin, hielt den Kopf gerade und fing an, leise und kläglich zu winseln. Hunde verstehen oft, was gemeint ist, wenn man sie nach dem Fressen fragt. Auch wenn sie selber nicht die Menschensprache sprechen.

»Du hast Hunger!«, sagte sie. Beinahe hätte ich noch einmal genickt.

»Warte!«, rief sie und ließ die Plane fallen. Es war wieder dunkel im Käfig. Ich hörte sie wegrennen.

Sie hatte »Warte!« gesagt, also wartete ich vorne am Gitter.

Und wirklich kam sie nach einer Weile wieder. Die Plane wurde ein zweites Mal angehoben und Paloma schob mir einen Teller durch die Gitterstäbe. Weil der Teller zu breit fürs Gitter war, musste sie ihn kippen. Dabei fiel der halbe Inhalt auf den Käfigboden. Ich machte mich gleich darüber her: Nudeln mit Hackfleischsoße! Es schmeckte fantastisch, großartig, oder, wie Max immer sagte, wenn er etwas besonders loben wollte: oberüberbestens!

Danach leckte ich den Teller so gründlich ab, dass man ihn gar nicht mehr in eine Spülmaschine stecken musste.

»Du scheinst ganz schön hungrig gewesen zu sein«, sagte Paloma und holte den leeren Teller aus dem Käfig.

»Da kommt wer! Ich glaube, es ist der Dompteur«, sagte sie leise. »Gute Nacht, Bello!«

Schnell schloss sie die Plane, es wurde finster im Käfig.

13.

Hin und her

Max erzählt

Kaum war ich am nächsten Morgen aufgewacht, sprang ich schon aus dem Bett, rannte im Schlafanzug die Treppe hinunter und rief nach Bello. Aber er kam nicht angelaufen und antwortete auch nicht.

Ich hatte so sehr gehofft, dass er zurückfinden würde. Meike hatte sogar die Terrassentür offen gelassen. Obwohl Onkel Astor befürchtet hatte, dass dann in der Nacht irgendwelche Einbrecher hereinspazieren und das ganze Wohnzimmer ausräumen könnten.

Niedergeschlagen saß ich später mit Meike und Onkel Astor am Frühstückstisch. Nach einer Weile kam sogar Herr Melchior dazu. Das Kätzchen steckte in der Tasche seines Labormantels und schien sich dort ganz wohlzufühlen.

»Bello ist also noch nicht zurück«, sagte er. »Das ist schade. Hoffentlich kommt er bald. Ich bin so gespannt, ob das neue Elixier jetzt die richtige Wirkung hat.«

Ich fragte Meike: »Was können wir denn noch unternehmen, damit wir ihn finden?«

»Wir könnten so eine Art Flugblatt schreiben und ganz

oft kopieren: ›Hund entlaufen. Hört auf den Namen Bello.‹ Dann muss seine Beschreibung folgen und die Adresse, wo man den Hund abliefern soll«, schlug Onkel Astor vor. »Die Flugblätter stecken wir überall in die Hausbriefkästen.«

»Noch besser ist es, wenn man auch eine Belohnung verspricht«, sagte Meike.

Ich nickte. »Papa hat mir hundert Euro mitgegeben, für Notfälle. Das hier ist ein Notfall. Wir schreiben: Wer den Hund zurückbringt, bekommt hundert Euro!«

»Wir sollten sogar eine Anzeige in der Zeitung aufgeben«, sagte Meike. »Mit unserer Telefonnummer.«

»Telefonnummer?«, fragte Herr Melchior. »Kann der Hund denn telefonieren?«

»Doch nicht der Hund, Papa! Der Finder soll sich bei uns melden«, sagte Meike.

Der Gedanke, dass wir etwas unternahmen, um Bello zu finden, tröstete mich.

Vielleicht hatten wir ja Glück und jemand, der Bello gesehen hatte oder ihn sogar bei sich aufgenommen hatte, meldete sich.

Bello erzählt

In der Nacht wurde es mir ziemlich kalt. Ich grub mich ins Stroh ein, das half ein bisschen.

Am Morgen kam Edgar zu meinem Käfig. Er nahm die

Plane weg. Ich musste blinzeln, als es so plötzlich hell wurde. Draußen schien schon die Sonne.

Er schob mir eine Schüssel mit Wasser herein.

»Hier, du sollst mir ja nicht verdursten«, sagte er. »Du sollst nur so lange hungern, bis du sprichst. Wie wäre es denn mit dieser schönen Wurst? Du musst nur ›bitte‹ sagen!«

Er hielt ein großes Stück Wurst ans Gitter. Wenn mich Paloma gestern Abend nicht gefüttert hätte – ich glaube, ich wäre vor lauter Hunger schwach geworden und hätte ›bitte‹ gesagt. So aber guckte ich hochmütig über Edgar weg und tat so, als ob mich die Wurst kein bisschen interessierte.

»Dann eben nicht«, sagte er. »Der Hunger wird dich schon zum Sprechen bringen.«

Gegen Mittag kam Paloma zu mir an den Käfig. »Na, Bello, wie geht's?«, fragte sie. Sie war barfuß und hatte einen engen, schwarzen Anzug an.

Ich ging nah ans Gitter, damit sie mich streicheln konnte.

»Ich verstehe nicht, weshalb sie dich in den Löwenkäfig gesteckt haben. Der Dompteur sagt, du bist ein bissiger Hund. Das stimmt doch gar nicht«, sagte sie. »Ich muss mal mit Papa reden. Du kannst doch nicht den ganzen Tag da drinnen sitzen. Wenn du schon hier bist, soll Edgar mit dir eine Zirkusnummer einstudieren. Dazu bist du doch im Zirkus, oder?«

Sie hatte natürlich keine Antwort erwartet, sondern eher mit sich selbst gesprochen.

Sie strich mir noch mal über den Kopf und sagte: »Wiedersehen, Hund! Ich muss zum Seiltraining!«

Den ganzen Tag saß ich dann in meinem Käfig. Es war so was von langweilig!

Am späten Nachmittag kam Paloma noch mal zu mir.

»Haben sie dir wieder nichts zu fressen gegeben?«, fragte sie. »Du hast da ja nur eine Wasserschüssel stehen.«

Sie rannte weg. Nach kurzer Zeit kam sie zurück. Sie trug eine kleine Schüssel, aus der es sehr, sehr gut nach Essen roch. Gerade als sie mir die Schüssel durchs Gitter schieben wollte, ging Edgar vorbei. Er kam sofort zu Paloma, nahm ihr die Schüssel aus der Hand und rief: »Hab ich nicht befohlen, dass keiner den Hund füttern soll?«

»Aber er hat doch Hunger«, sagte sie.

»Das ist richtig so. Wenn er weiter so stur ist, soll er hungern. Bis er nachgibt«, sagte Edgar.

»Was meinen Sie mit ›stur‹?«, fragte sie. »Was soll er denn tun?«

»Sprechen soll er. Sprechen!«, rief Edgar.

»Der Hund? Sprechen?«, fragte sie und sah Edgar an, als würde sie ihn für verrückt halten. »Was soll er denn sagen?«

»Irgendwas. Völlig egal. Hauptsache, er redet«, sagte Edgar. »Und jetzt nimmst du die Schüssel wieder mit. Sonst muss ich ein ernstes Wörtchen mit deinem Vater sprechen. Du kannst nicht meine ganze Arbeit hintertreiben.«

Paloma blickte ihn böse an, drehte sich aber um und ging in ihren Wagen zurück.

Auch Edgar ging. Er kam aber nach einer Weile mit dem Mann von gestern Abend wieder.

»Lass uns die Plane übers Gitter hängen«, sagte er zu ihm. »Gleich kommen die ersten Zuschauer.«

Enttäuscht und hungrig legte ich mich in den hintersten Winkel des Käfigs. Nun war es wieder ganz dunkel bei mir drinnen. Ich steckte den Kopf zwischen die Vorderpfoten. Irgendwann bin ich dann eingeschlafen.

Max erzählt

Es dauerte eine Weile, bis Onkel Astor und ich einen guten Text für unser Flugblatt gefunden hatten. Er schlug als Überschrift vor: »Hund entlaufen«. Damit war ich nicht einverstanden. Das klang so, als sei Bello mutwillig von zu Hause ausgerissen. Meinen Vorschlag »Hund vor Schreck weggerannt und findet nicht mehr zurück« fand Onkel Astor zu lang und umständlich. Schließlich einigten wir uns auf die Überschrift: »Unser Hund ist weg!«

Dann kam eine Beschreibung von Bello. Dass er ein langes rechtes Ohr hat, auch dass er auf den Namen Bello hört und ein sehr kluges Tier ist, das sehr viel versteht. Schließlich Meikes Adresse und die Telefonnummer. Am Schluss schrieben wir noch »Wer Bello zurückbringt oder uns sagt, wo er ist, bekommt als Belohnung 150,– Euro.«

Meike hatte nämlich versprochen, noch fünfzig Euro zu meinen hundert dazuzugeben.

Mit diesem Flugblatt gingen wir in ein Kopiergeschäft und machten dreihundert Kopien.

Den ganzen Nachmittag war ich dann damit beschäftigt, von Haus zu Haus zu gehen und das Flugblatt in die Hausbriefkästen zu werfen. Onkel Astor wollte mir helfen, aber ich sagte ihm, ich könne das auch alleine. Ich merkte, dass er dankbar war, als ich das sagte. Er geht nämlich immer noch nicht gerne unter Leute.

Als ich am frühen Abend heimkam, ich meine: zu Meike und Onkel Astor kam, war ich zwar ziemlich erschöpft, aber ich war auch zufrieden. Ich wusste, ich hatte etwas unternommen, das uns Bello wieder zurückbringen konnte, und hatte nicht nur herumgesessen und gewartet.

Bello erzählt

Ich wachte wieder auf, als die Zirkusmusik spielte und die Zuschauer klatschten. Es war also Abend.

Jetzt spürte ich erst so richtig, wie hungrig ich war. Im Dunkeln suchte ich nach meiner Wasserschüssel. Ich fand sie, als ich mit dem Fuß dagegenstieß und Wasser über meine Pfote schwappte. Ich trank. Aber das machte meinen Hunger nur ein bisschen kleiner.

Irgendwann später war der Zirkus wohl aus. Die Musik hatte aufgehört zu spielen. Ich hörte viele Menschen weggehen. Das waren die Zuschauer. Dann wurde es still.

Ich schob mit der Schnauze das Stroh zur Seite, das nass geworden war, als meine Wasserschüssel umkippte. Dann scharrte ich das trockene Stroh auf, bis ein kleiner Berg entstanden war, und wühlte oben eine kleine Mulde hinein. In die legte ich mich dann.

Als ich schon fast eingeschlafen war, hörte ich plötzlich eine leise Stimme. Es war Paloma, ich erkannte sie sofort.

»Bello?«, flüsterte sie. »Bello, wo bist du?«

Sie hatte die Plane ein Stück beiseitegeschoben, aber es blieb trotzdem ziemlich dunkel im Käfig. Es war schon spät in der Nacht. Nur aus einem der Wagenfenster kam noch ein bisschen Licht.

»Hier«, sagte sie. »Ich hab dir was zu fressen gebracht.«

Sie schob eine kleine Schüssel durch die Gitterstäbe. Die Schüssel war randvoll gefüllt mit Essen. Mit gutem Essen, das konnte ich riechen.

Ich war so begeistert und so dankbar, dass ich unwillkürlich »Danke!« sagte.

Paloma blieb einen Augenblick ganz still. Sie überlegte wohl, ob sie richtig gehört oder sich nur etwas eingebildet hatte. Sie ging ganz nahe ans Gitter und starrte ins Dunkel.

Dann fragte sie zögernd: »Bello, wer ist bei dir im Käfig? Wer hat da gerade ›Danke‹ gesagt?«

»Das war ich«, sagte ich. »Aber bitte, bitte verrate es niemandem!«

»Du kannst sprechen?«, rief sie.

Ich sagte: »Psssst. Sei bitte leise!«

»Dann hat Edgar also recht gehabt«, sagte sie. »Wir alle haben gedacht, er sei nicht mehr ganz normal. Wir meinten, er kann es einfach nicht verkraften, dass unser Löwe gestorben ist.«

»Versprichst du mir, dass du es niemandem erzählst?«, bat ich.

»Warum soll ich das nicht?«, fragte sie. »Bist du nicht stolz darauf, der einzige Hund der Welt zu sein, der sprechen kann? Wieso kannst du das überhaupt? Wo kommst du her? Wo hat dich Edgar gefunden?«

Das waren ziemlich viele Fragen auf einmal.

Ich sagte: »Das werde ich dir gleich erzählen. Darf ich bitte vorher das Gemüse mit Hühnerfleisch essen, das du mir gebracht hast? Ich komme sonst um vor Hunger.«

»Ja, das ist Hühnerfleisch mit Mohrrübengemüse. Du hast eine gute Nase«, sagte sie. »Guten Appetit.«

»Danke«, antwortete ich und machte mich übers Essen her. In meiner Gier habe ich das Essen wohl zu schnell runtergeschlungen. Jedenfalls musste ich danach sehr laut rülpsen. Und zwar direkt ins Gesicht von Paloma, die sich zu mir heruntergebeugt hatte.

Paloma lachte leise. Mir war das sehr peinlich. Ich sagte: »Entscholdigong. Ist mir so rausgerutscht.«

»Entscholdigong?«, wiederholte sie und lachte noch mehr. »Du musst dich nicht ›entscholdigen‹. Ich bin tierische Gerüche gewöhnt. Was glaubst du, wie unsere Ziegen stinken!«

Dass sie mich mit Ziegen verglich, fand ich nicht besonders nett. Normalerweise bin ich ein sehr reinlicher Hund und wehre mich auch nicht, wenn Max mich in die Badewanne steckt und abduscht. Obwohl ich den Shampoo-Geruch nicht leiden kann. In meinem Käfig roch es allerdings nicht gerade nach Shampoo. Schließlich hatte ich hier drinnen kein Klo. Nur die Ecke rechts hinten.

Damit nicht weiter übers Rülpsen und über Tiergerüche geredet wurde, sagte ich: »Jetzt muss ich dir erzählen, weshalb niemand außer meiner Familie wissen darf, dass ich sprechen kann.«

»Deine Familie? Hast du eine Hundefrau und kleine Hundekinder? Können die auch sprechen?«, fragte sie flüsternd.

»Nein«, antwortete ich. »Ich meine doch Max und Verena und Papa Sternheim!«

»Wer sind *die* denn?«, fragte Paloma.

»Bei denen wohne ich. Und Max ist mein bester Freund«, erzählte ich ihr. »Max sagt, wenn bekannt würde, dass ein Hund sprechen kann, dann kämen bestimmt Hunderte von

Reportern und Kameraleuten, um mich zu interviewen und zu filmen. Es gäbe Zeitungsberichte und Fernsehsendungen über den Wunderhund. Max sagt, dann würden sich Tausende von Neugierigen in unserer Apotheke drängen, um einen Blick auf den Hund zu werfen und ihn sprechen zu hören.«

»Apotheke? Ist dein Max Apotheker?«, fragte sie.

Ich musste lachen. »Nein, der ist so alt wie du. Papa Sternheim ist Apotheker. Max sagt, wir hätten dann ständig fremde Menschen bei uns im Haus und nichts würde so bleiben, wie es war.«

»Das klingt logisch«, gab sie zu. »Jetzt musst du noch erzählen, weshalb du hier und nicht bei deinem Freund bist!«

»Weil mich dieser fiese Edgar im Zug belauscht hat und weiß, dass ich sprechen kann. Weil er mich gepackt und in sein Auto geschmissen hat. Weil er mich hier gefangen hält!«, sagte ich.

Von irgendwoher waren Schritte zu hören.

»Ich glaube, ich muss gehen«, flüsterte sie, griff durch die Gitterstäbe und nahm die leere Schüssel an sich.

»Versprich mir, dass du niemandem sagst, dass wir miteinander gesprochen haben«, bat ich.

»Ich verspreche es. Bis morgen Nacht! Dann musst du weitererzählen«, flüsterte sie. »Alles erzählen!«

Und schon war sie im Dunkeln verschwunden.

Max erzählt

Den ganzen Abend saß ich in der Nähe des Telefons und wartete auf den entscheidenden Anruf.

Als es schließlich klingelte, stürzte ich hin, nahm den Hörer ab und rief: »Ja? Hier bei Lichtblau!«

Aber es war nur eine unbekannte Frau von einem unbekannten Institut, die wissen wollte, ob ich zwei Minuten Zeit habe, um zehn Fragen zur Kundenzufriedenheit zu beantworten. Ich reichte den Hörer an Meike weiter. Die hörte kurz zu, sagte: »Ich beantworte prinzipiell keine Umfragen«, und legte auf.

Als ich dann, ziemlich spät, ins Bett ging, hatte sich niemand gemeldet, der etwas von Bello wusste.

14.

Wenig Hoffnung!

Bello erzählt

Der dritte Tag war genauso langweilig wie der Tag davor.

Edgar kam, stellte mir frisches Wasser in den Käfig und fragte, wann ich endlich spreche. Ich guckte an ihm vorbei und tat so, als würde ich kein Wort verstehen. Dann ging er wieder.

Meine Laune war ein bisschen besser als an den Tagen zuvor. Immerhin wusste ich, dass ich heute Nacht wieder Besuch von Paloma bekommen würde. Ich freute mich auf sie. Paloma war wirklich sehr nett und freundlich. Ich mochte sie, obwohl wir uns erst kurz kannten. Außerdem brachte sie mir ja auch etwas zu essen. Und Menschen, die einen fremden, hungrigen Hund füttern, sind freundlich. Na ja, jedenfalls die meisten. Denn Edgar hatte mich ja auch mit der Wurst gefüttert. Ich muss es vielleicht so sagen: Menschen, die einen fremden Hund füttern und ihn dann nicht ins Auto werfen, nicht mit ihm wegfahren und ihn nicht in einen Käfig stecken, sind freundlich.

An diesem Abend musste ich sehr lange warten.

Edgar und der Mann kamen vorbei und hängten wieder die Plane vors Gitter, als die ersten Zuschauer eintrafen. Später war dann die Zirkusmusik zu hören und das Beifallklatschen der Zuschauer. Danach wurde es still. Sehr still.

Ich wartete und wartete, aber Paloma kam nicht.

Ich hatte mich schon damit abgefunden, dass ich diesmal hungrig einschlafen musste. Da hörte ich das leise Geräusch vom Hochheben der Plane. Ich wagte es nicht, »Paloma?« zu fragen. Es hätte ja auch jemand anderes sein können. Aber ich ging zum Gitter.

Eine Stimme flüsterte: »Bello?«

Trotz des Flüsterns erkannte ich diese Stimme. »Hier bin ich, Paloma«, sagte ich.

Plötzlich wurde es hell. »Erschrick nicht!«, sagte Paloma leise. »Ich habe eine Taschenlampe dabei.«

Wie gestern schob sie mir ein Schälchen mit Essen durchs Gitter. »Ich will doch zuschauen, wie es dir schmeckt«, sagte sie.

»Kann man das Licht draußen nicht sehen?«, fragte ich. »Ist das nicht unvorsichtig?«

»Nein. Ich bin doch unter die Plane gekrochen«, antwortete sie. »Hinter mir ist alles dicht.«

»Bist du später dran als gestern?«, fragte ich. »Oder kommt es mir nur länger vor, weil ich so sehr gewartet habe?«

»Es ist spät. Schon fast Mitternacht«, sagte sie. »Ich musste warten, bis meine Eltern eingeschlafen waren. Heute Morgen hat meine Mutter gefragt, wo denn der Rest vom Abendessen geblieben ist. Ich habe behauptet, ich hätte noch mal Hunger gekriegt und alles aufgegessen. Sie hat ungläubig geschaut und gesagt, sie hätte aber gehört, dass ich noch mal rausgegangen bin. Ob ich denn draußen gegessen hätte. Deswegen war ich heute vorsichtiger. Ich habe gewartet, bis sie tief eingeschlafen war.«

»Das war richtig«, sagte ich.

»Jetzt musst du mir aber auch alles über dich erzählen«, sagte sie. »Wie kommt es, dass ein Hund sprechen kann?«

Ich erzählte ihr von Herrn Melchior und seinem blauen Saft, der gemacht hatte, dass ich sprechen kann. Aber dass ich vorher ein Mensch gewesen war, erzählte ich ihr lieber nicht. Sie hätte es nicht geglaubt und gedacht, ich würde sie anlügen.

Und ich erzählte ihr von meinem Freund Max.

»Max macht sich bestimmt ganz große Sorgen um mich«, sagte ich. »Wie lange soll ich denn noch gefangen bleiben? Kannst du nicht die Käfigtür aufmachen und mich rauslassen?«

»Das kann ich nicht«, sagte sie. »Die Tür ist abgeschlossen und Edgar hat den Schlüssel.«

»Wer ist dieser Edgar eigentlich?«, fragte ich. »Warum darf er mich einsperren? Ich denke, dein Vater ist der Direktor! Will er auch, dass ich eingesperrt bin?«

»Edgar ist unser Dompteur. Das ist unser wichtigster Mann. Wenn der wegginge, könnten wir den Zirkus zumachen«, erzählte sie. »Früher hat er mit unserem Löwen gearbeitet. Aber der ist vor ein paar Monaten gestorben. Er war auch schon sehr alt. Nun haben wir nur noch die Pferde, ein Kamel und die vier Ziegen.«

»Wozu braucht ihr gleich vier Ziegen? Für Ziegenmilch?«, fragte ich.

Sie lachte. »Nein, Edgar hat sie trainiert. Sie treten in der Manege auf.«

»Manege?«, fragte ich.

»So nennt man die Mitte vom Zirkus. Das ist wie eine runde Bühne. Die Zuschauer sitzen außen herum«, erklärte sie mir. »Zwei Ziegen sind angezogen wie kleine Mädchen. Mit roten Kleidern. Die zwei schieben einen Kinderwagen. In dem sitzt eine Ziege, die Babysachen anhat. Die vierte Ziege steht als Polizist auf den Hinterbeinen und guckt in den Kinderwagen. Die Zuschauer finden das sehr witzig.«

»Machst du auch was in dieser Manege?«, fragte ich.

»Ja«, sagte sie stolz. »Ich bin Seiltänzerin. Zusammen mit meiner Mutter balanciere ich auf dem Seil. Danach reitet Mama auf Zefira. Das ist unser Kamel. Mama ist als Araberin verkleidet.«

»Und was kann das Kamel?«, fragte ich.

»Das Kamel kniet sich nieder und verbeugt sich vor dem Publikum. Anschließend macht Papa als Direktor die große Pferdenummer. Später ist er dann der Clown. Das merken die Zuschauer aber nicht, weil er geschminkt ist. Weißt du, wir sind ein ganz kleiner Zirkus. Ein armer Zirkus. Hier müssen alle alles machen. Wir sind auch nie lange an einem Ort. Wenn die Zuschauer ausbleiben, bauen wir das Zelt ab und reisen weiter.«

»Ich würde dich gerne mal auf dem Seil sehen«, sagte ich.

»Das könntest du, wenn du dem Publikum zeigen würdest, dass du sprechen kannst«, sagte sie. »Ich kann Edgar sogar verstehen. Du kommst herein, setzt dich hin und sagst: ›Guten Abend, liebes Publikum! Ich begrüße Sie im Zirkus Binotto. Ich bin Bello, der einzige sprechende Hund der Welt!‹ Was das für eine Sensation wäre! Unser Zirkus wäre jeden Abend ausverkauft. Wir müssten nicht mehr so oft von Stadt zu Stadt reisen. Ich müsste nie mehr im Winter mit unserem Pony in einer Fußgängerzone stehen, mit der Sammelbüchse klappern und rufen: ›Bitte eine kleine Spende für Tierfutter!‹ Das wäre schön.«

»Es tut mir leid. Aber ich kann nicht. Da müsste ich doch für immer bei euch im Zirkus bleiben«, sagte ich. »Max wäre ohne seinen Freund und ich ohne meinen Max. Nein, das geht wirklich nicht. Das musst du verstehen.«

»Ich versteh es«, sagte sie traurig. »Schade ist es trotzdem. Es wäre schön gewesen.« Sie knipste die Taschenlampe aus. »Ich muss jetzt ins Bett.«

Sie war ein bisschen gekränkt, das merkte ich.

»Verrätst du jetzt allen, dass ich sprechen kann?«, fragte ich.

»Nein. Niemandem. Ich hab's dir ja versprochen«, sagte sie und ging.

Max erzählt

Ich hatte es schon befürchtet, als ich am frühen Morgen im Schlafanzug nach unten kam: Bello war nicht zurückgekommen. Meike saß im Morgenrock am Frühstückstisch.

Onkel Astor schlief wohl noch.

Ich setzte mich neben Meike. »Heute ist schon der vierte Tag ohne Bello«, sagte ich. »Ich glaube, ich muss Papa endlich Bescheid sagen.«

Weil ich wusste, dass er morgens immer ab neun unten in der Apotheke ist, rief ich gleich zu Hause an.

Es war aber Verena, die den Hörer abnahm und sich meldete. Also erzählte ich ihr, dass Bello vor drei Tagen in Panik aus dem Haus gerannt und seitdem verschwunden war.

»Und ihr habt keine Idee, wo er sein könnte?«, fragte sie.

»Ich habe sogar Flugblätter verteilt mit einer Suchanzeige. Aber niemand hat sich gemeldet«, erzählte ich ihr.

»Du lieber Himmel! Hoffentlich ist ihm nichts zugestoßen«, sagte sie.

»Zugestoßen?«, fragte ich. Daran hatte ich bis jetzt noch gar nicht gedacht. »Was meinst du damit?«

»Ich will ja nicht den Teufel an die Wand malen«, sagte sie. »Aber vielleicht ist er in seiner Angst quer über die Straße gerast und ein Auto hat ihn erfasst.«

»Sag nicht so schlimme Sachen!«, rief ich ins Telefon.

Meike, die mir zugehört hatte, fragte besorgt: »Mit wem sprichst du denn? Was für schlimme Sachen? Gib mir doch mal den Hörer!«

»Ach, Sie sind es!«, sagte sie dann. Sie hörte eine Weile zu und sagte nur: »Ja … ja … das stimmt. … Ja, das werden wir gleich tun!«

»Was hat sie denn gesagt?«, fragte ich, als Meike sich verabschiedet und aufgelegt hatte. »Was werden wir gleich tun?«

»Wir werden bei allen Tierärzten und Tierkliniken anrufen und fragen, ob vorvorgestern nach einem Unfall ein Hund eingeliefert worden ist«, sagte sie. »Ich hoffe sehr, dass alle Nein sagen.«

Meike holte gleich das Telefonbuch und rief eine Praxis nach der anderen an. Aber es war bei keiner ein verletzter Hund behandelt worden. Das war zwar erfreulich, brachte uns aber kein bisschen weiter.

»Wo kann Bello nur sein?«, fragte ich. »Meinst du, ich sehe ihn nie mehr wieder?«

»Du darfst die Hoffnung nicht aufgeben«, sagte sie und strich mir tröstend über den Kopf. »Iss dein Frühstück, zieh dich an und dann gehen wir zur Zeitung und geben eine Suchanzeige auf!«

Bello erzählt

Das war jetzt schon der vierte Tag in Gefangenschaft. Ich ging im Käfig auf und ab, immer auf und ab. Es ist schlimm, wenn ein Hund nicht rennen kann, nur sitzen oder hin und her gehen.

Leider wurden meine Gedanken beim Herumgehen kein bisschen freundlicher. Ob ich jetzt für immer in diesem Käfig hin und her gehen würde? Ich hatte hier zwar eine Freundin gefunden, aber meine Freiheit war weg.

Warum kam Max nicht und holte mich raus? Ob er gar nicht nach mir suchte? Ich war doch sein bester Freund. Hatte er mich schon vergessen?

Gegen Mittag kam Edgar und stellte mir frisches Wasser hin. Ich trank und ging dann weiter auf und ab, ohne ihn zu beachten. Er schaute mir eine Weile zu.

»Hast du schon den Käfig-Koller?«, fragte er. »Du gehst genauso im Käfig hin und her wie dein Vorgänger, der Löwe. Den konnte ich nicht ins Freie lassen. Aber dich! Du brauchst Auslauf. Ich hol mal eine Leine, damit du mir nicht abhaust!«

Nach einer Weile kam er mit einer langen Leine wieder. Er nahm den Käfigschlüssel aus der Hosentasche und schloss die Tür auf. Dann machte er die Leine an meinem Halsband fest und sagte: »Komm raus! Na, komm schon!«

Ich blieb erst mal stehen. Ich hatte ganz große Lust, draußen herumzulaufen, aber ich hatte wenig Lust, mich dabei von diesem fiesen Edgar an der Leine führen zu lassen.

»Wenn du nicht magst, kann ich die Türe wieder abschließen«, sagte er.

Das wollte ich nun wirklich nicht. Ich sprang mit einem Satz nach draußen.

»Na also!«, sagte Edgar und spazierte mit mir los. Er spürte, wie sehr ich an der Leine zog, weil es mir zu langsam ging. »Wir können gern ein bisschen rennen. Tut mir auch gut«, sagte er und trabte los.

Wir rannten einmal um das Zirkuszelt und um die Wohnwagen. Dann war Edgar ziemlich außer Atem und wir gingen wieder langsam. »Du willst also immer noch nicht reden?«, fragte er dabei. »Du hättest ein herrliches Leben bei uns. Jeden Tag drei Mahlzeiten nach Wunsch! Du müsstest nur sagen, was du gern isst, und schon wird es serviert. Und das, obwohl du nicht arbeiten musst. Du musst dich nicht anstrengen wie die anderen Tiere hier. Du sitzt nur auf einem Podest in der Manege und begrüßt die Zuschauer. Das genügt, das ist alles. Denk mal darüber nach!«

Ich dachte wirklich darüber nach.

Das war ja alles gut und schön, was er mir da versprach. Aber ich wäre dann ein Zirkushund. Ich würde mit dem Zirkus herumreisen müssen. Und ich hätte meinen Freund Max und Verena und Papa Sternheim verloren.

Nein, das wollte ich nicht.

»Überleg's dir!«, sagte Edgar. Er beugte sich sogar zu mir herunter und strich mir übers Fell. »Ruf einfach nach Edgar, wenn du dich entschlossen hast, ja?«

Ich schüttelte den Kopf.

Er hörte auf, mich zu streicheln, und wurde wieder der übliche, schlecht gelaunte Edgar. Er hatte nur so sanft gesprochen und freundlich getan, weil er mich rumkriegen wollte.

»Ab in den Käfig!«, sagte er. »Du kennst ja die Regel: Es gibt nur was zu fressen, wenn du mich darum bittest. Und zwar in Menschensprache! Nicht durch Hundegewinsel.«

Er schloss die Gittertür hinter mir ab und steckte den Schlüssel in die Hosentasche.

Am späten Nachmittag kam Paloma bei mir vorbei. Sie blickte sich vorsichtig um. Es war niemand in der Nähe. Sie kam ganz nahe ans Gitter und flüsterte: »Ich hab die halbe Nacht über dich nachgedacht. Und über das, was wir gestern Abend gesprochen haben.«

»Und?«, flüsterte ich zurück.

»Ich weiß jetzt, was du machen musst«, flüsterte sie.

»Was denn? Sag schon!«, bat ich.

»Du musst Edgar sagen, dass du sprechen willst!«

Ich war enttäuscht. Fürchterlich enttäuscht.

»Ich habe gedacht, du bist eine Freundin«, sagte ich. »Und jetzt hältst du zu Edgar und sprüchst wie er.«

Ich drehte mich um und setzte mich in die entfernteste Ecke des Käfigs. Nun konnte ich Max verstehen. Ihm war es genauso mit Selina gegangen. Er hatte auch gedacht, sie sei eine Freundin, und wurde enttäuscht.

»Jetzt sei doch nicht gleich beleidigt«, sagte Paloma. »Hör dir doch erst mal an, weshalb ich das sage!«

»Ich weiß schon. Du sagst es, damit euer Zirkus eine Sönsation hat«, flüsterte ich.

»Nein. Eben nicht. Es ist wegen dir und Max. Ich will euch helfen«, sagte sie.

Ich kam wieder ans Gitter. »Wie denn hölfen?«, fragte ich flüsternd. Ich war sehr aufgeregt. »Warum sagst du, ich soll spröchen?«

»Dein Freund Max kann ja nicht wissen, wo du bist. Der sucht bestimmt überall in der Stadt. Aber er käme nie auf die Idee, dass du hier draußen in einem Zirkuskäfig sitzt!«

Das stimmte.

»Und weiter?«, fragte ich.

»Wie soll er es auch rauskriegen?«, sagte sie. »Aber nehmen wir mal an, du trittst heute Abend im Zirkus auf und sagst ein paar Sätze …«

»Was ist dann?«, fragte ich.

»Was dann ist? Das ist doch klar. Es spricht sich im Nu in

der Stadt herum. Vielleicht sitzt sogar zufällig ein Zeitungsreporter im Zuschauerraum. Der schreibt gleich einen Riesenartikel: Im Zirkus Binotto ist ein Hund zu bewundern, der wie ein Mensch spricht!«

Jetzt verstand ich, was sie meinte. »Und dann hört es Max von den Leuten. Oder Meike liest es in der Zeitung und sagt es ihm. Dann weiß er, wo ich bin, und holt mich hier raus!«, rief ich.

»Pssst! Leise«, mahnte sie.

Ich sagte: »Warum soll ich jetzt noch leise sein? Gleich werden alle hier wissen, dass ich sprechen kann!« Und laut schrie ich: »Edgar! Hallo, Edgar!«

Edgar kam wirklich um die Wagenecke. »Was stehst du schon wieder bei dem Hund?«, fragte er Paloma. »Du weißt, du sollst ihn nicht füttern!« Er schaute sich um. »Da hat doch jemand ›Edgar‹ gerufen. Hast du gesehen, wer das war?«

Paloma sagte grinsend: »Ja, hab ich!«

»Mach's nicht so spannend. Sag schon, wer nach mir gerufen hat!«, sagte Edgar.

Paloma zeigte auf mich. »Dieser Hund da!«, sagte sie.

»Der Hund?« Edgar schrie fast vor Aufregung. Er beugte sich zu mir hinunter. »Stimmt das? Hast du wirklich gerufen?«, fragte er.

»Ja, hab ich«, antwortete ich.

Edgar ging sofort zur Käfigtür, schloss sie auf und ließ mich heraus. »Guter Hund«, lobte er und tätschelte mir den Kopf. Dann noch einmal: »Guter Hund!«

Zu Paloma sagte er: »Geh sofort in euren Wagen und hol ihm was zu fressen. Vielleicht ist noch ein Rest vom Mittagessen übrig. Und bring gleich deinen Vater mit!«

Mich fragte er: »Und du bist auch bereit, heute Abend im Zirkus zu den Zuschauern zu sprechen?«

»Ja, bin bereit«, sagte ich.

»Dann wollen wir gleich anfangen zu üben«, sagte er.

»Üben? Was denn üben?«, fragte ich. »Du hörst doch, dass ich sprechen kann.«

»Du musst aber wissen, wo du in der Manege sitzen wirst. Am besten, wir stellen dir ein hohes Podest hin. Damit dich alle sehen können, auch die Kinder. Schaffst du es, auf ein Podest zu springen, das ungefähr so hoch ist?« Er zeigte es mir mit der Hand.

»So hoch springe ich lässig«, sagte ich.

Jetzt kam Palomas Vater auf uns zu, der Direktor. Er rannte fast. Paloma war bei ihm. »Stimmt es, was Paloma erzählt?«, fragte er, als er bei uns war.

»Um diese Frage wahrheitsgemäß beantworten zu können, muss ich erst wissen, was sie erzählt hat«, antwortete ich.

Edgar und der Direktor starrten mich an. Ich hatte mich mit Absicht so kompliziert ausgedrückt. Ich wollte sie verblüffen.

»Damit ist meine Frage schon beantwortet«, sagte der Direktor. »Der Hund kann wirklich sprechen!«

Edgar wandte sich wieder an mich. »Du wirst heute Abend in ein Mikrofon sprechen«, sagte er. »Weißt du, was das ist?«

Ich schüttelte den Kopf.

»Das ist so eine Art Lautsprechgerät«, erklärte er mir. »Ich halte es dir vor die Schnauze. Entschuldigung, ich wollte sagen: vor den Mund. Du sprichst hinein und im ganzen Zirkus hört man, was du sagst.«

»Und was sage ich?«, fragte ich.

»Es genügt, wenn du sagst: ›Verehrtes Publikum, ich, der Hund Bello, begrüße Sie im Zirkus Binotto und hoffe, dass Ihnen unsere Vorstellung gefällt.‹ Dann meinetwegen noch ein, zwei Sätze, die dir gerade einfallen. ›Schöner Abend heute‹ oder so. Nicht zu viel!«

»Warum soll er nicht zu viel sprechen?«, fragte Palomas Vater.

Edgar sagte: »Wenn er lange spricht, glaubt ihm das Publikum nach einer Weile, dass er sprechen kann. Wenn er nur ein paar Sätze sagt, sind sich die Menschen nicht sicher, ob er wirklich geredet hat oder ob es ein Trick ist. Der Ton könnte zum Beispiel vom Band kommen und der Hund ist trainiert, sein Maul dabei zu bewegen. Diese Unsicherheit macht die Sache geheimnisvoller. Die Leute werden sich am nächsten Tag noch mal eine Eintrittskarte kaufen, um rauszukriegen, ob wieder derselbe Text vom Band kommt. Ob es ein Trick ist oder nicht.«

»Edgar, du bist wirklich clever«, lobte der Direktor. »Nur schade, dass wir für heute die Presse nicht mehr einladen können. Dafür ist es schon zu spät. Aber wenn es heute Abend klappt, werde ich gleich eine Pressemitteilung herausgeben. An alle deutschen Zeitungen und Rundfunkanstalten.«

»Vergiss nicht das Fernsehen!«, sagte Edgar.

»Stimmt! Vielleicht sollte man nicht nur die deutschen Reporter einladen, sondern die Sache gleich weltweit angehen.« Palomas Vater kam ins Schwärmen. »Wir schließen unseren Zirkus und gehen mit dem Wunderhund auf Europa-Tournee!«

»Aber Papa, was sagst du da?«, rief Paloma. »Du willst den Zirkus schließen? Und was wird dann aus unseren Tieren und den ganzen Leuten hier?«

»Die Tiere kann man an einen anderen Zirkus verkaufen und die Leute suchen sich eben anderswo Arbeit«, sagte Edgar.

»Das könnt ihr nicht machen!«, rief Paloma. »Ich will in unserem Wagen wohnen und ich will im Zirkus bleiben. Wozu habe ich denn seit drei Jahren Seiltanzen trainiert?«

»Schluss jetzt! Das können wir morgen besprechen«, sagte der Direktor. »Jetzt soll Edgar mit dem Hund in die Manege gehen und üben, bevor das Publikum kommt.«

»Darf ich an etwas erinnern?«, fragte ich.

»Erinnern? Aber ja, Bello.« Edgar war überfreundlich. »An was denn?«

»Du hast zu Paloma gesagt: Vielleicht ist noch ein Rest vom Mittagessen übrig!«

»Natürlich. Bello muss was zu fressen kriegen, ich meine zu essen«, rief Edgar. »Das Tier hat ja schon vier Tage gehungert.«

Ich blickte Paloma an, sie schaute lächelnd zu mir und schüttelte leicht den Kopf. Nur wir beide wussten, dass ich keineswegs vier Tage gehungert hatte.

Edgar wandte sich an Paloma. »Paloma, was ist? Warum hast du ihm nichts zu essen gebracht? Ich hab's dir doch ausdrücklich gesagt.«

»Es waren keine Reste übrig«, verteidigte sich Paloma. »Mama macht ihm was.«

Kurz darauf kam eine hübsche, dunkelhaarige Frau aus dem Wagen und stellte eine große Schüssel vor mich hin.

»Oh, Haferflocken, zweierlei Wurst und das dazwischen ist wahrscheinlich Sahne«, sagte ich. »Wie schön, dass ich auf diese Weise Palomas Mutter kennenlernen darf!«

»Dieser Hund kann nicht nur sprechen, er hat sogar gute Manieren!«, rief sie. Und mit einem Blick auf ihren Mann und auf Edgar sagte sie: »Ich wollte, auch andere wären so höflich zu mir wie dieser Bello.«

15.

Eine Sönsation und die Folgen

Die Menschen, die an diesem frühen Abend eine Vorstellung des Zirkus Binotto besuchten, ahnten nicht, was für eine Überraschung auf sie zukommen würde.

Die Bänke waren nur zur Hälfte besetzt. Besonders die vorderen, teuren Plätze waren fast leer geblieben. Die meisten Zuschauer waren Kinder, die sich mit ihren Eltern oder Verwandten die Tiernummern und die Darbietungen der Artisten anschauen wollten.

Zuerst führte der Direktor im schwarzen Frack und Zylinder eine Pferdenummer vor. Dann folgte eine Seiltanznummer. Sie wurde angekündigt als das »Duo Roswitha und Paloma in gefährlicher Höhe auf dünnem Seil«. Eine hübsche schwarzhaarige Frau und ein Mädchen im schwarzen Trikot balancierten über ein hoch gespanntes Seil. Die Frau trug eine lange Balancierstange, das Mädchen balancierte freihändig. Der Höhepunkt bestand darin, dass sich das Mädchen auf die Schultern der Frau setzte. Es gab verdienten Beifall.

Dann trat ein Mann in Uniform auf. Er trug eine rote

Jacke mit goldenen Schnüren auf der Brustseite und eine blaue Hose, die er in seine hohen Stiefel gesteckt hatte.

Als er in der Mitte der Manege angekommen war, wurde ein Mikrofon von oben herabgelassen.

Er nahm es und sprach hinein: »Meine Damen und Herren, liebe Kinder. Sie werden heute Zeugen einer Weltsensation. Diese Nummer ist nicht in Ihren Programmheften verzeichnet, sie kommt auch für uns überraschend. Begrüßen Sie Bello, den einzigen sprechenden Hund der Welt!«

Unter dem Beifall der Zuschauer kam ein Hund in die Manege. Man hatte ihm ein buntes Tuch um den Hals gebunden und eine Sportmütze aufgesetzt. Er ging langsam, geradezu lässig, auf ein Podest zu, das zwei Zirkusarbeiter inzwischen aufgestellt hatten.

Der Mann in der roten Jacke nickte dem Hund zu. Der sprang aufs Podest und sagte: »Guten Abend, veröhrtes Publikum ...«

»Halt! Warte! Du solltest doch ins Mikrofon sprechen«, sagte der Mann in der roten Jacke.

»Hatte ich vergössen«, antwortete der Hund.

»Dann fang bitte noch mal an«, sagte der Mann und hielt dem Hund das Mikrofon vor die Schnauze.

»Guten Abend, veröhrtes Publikum. Sie erleben heute Abend eine Weltsönsation. Ich freue mich, dass ich Sie im Zirkus begrüßen kann«, kam es aus den Lautsprechern. »Ich hoffe, unser Programm gefällt Ihnen.«

Das Publikum war einen Augenblick still vor Staunen. Dann brach ein Beifall los, wie ihn der Zirkus Binotto wahrscheinlich noch nie erlebt hatte.

Der Mann in der roten Jacke verbeugte sich stolz nach allen Seiten. »Danke, danke, danke!«, rief er. Gerade so, als würde *ihm* der Beifall gelten.

»Möchtest du noch etwas sagen, Bello?«, fragte er dann und hielt dem Hund das Mikrofon vor die Nase.

»Ja«, sagte der Hund. »Ich suche meinen Froind Max. Wenn jemand meinen Froind Max sieht, soll er ihm sagen, dass ich hier im Zirkus bin und er mich ...«

Weiter kam der Hund nicht, denn der Mann in der roten Jacke nahm ihm das Mikrofon weg und rief: »Danke, Bello, danke! Und nun Musik, bitte!«

Gleich darauf fing die Zirkuskapelle an, einen Walzer zu spielen.

Der Mann in der roten Jacke fasste den Hund am Halsband und führte ihn schnell aus der Manege.

Ein Teil des Publikums rief »Buh!« oder »Der Hund soll bleiben!«, aber der Hund kam nicht wieder. Stattdessen trat ein bunt geschminkter Clown auf und schaffte es tatsächlich, das Publikum vom Hund abzulenken und zum Lachen zu bringen.

Am nächsten Morgen wurde Max davon wach, dass Meike sehr laut nach ihm rief.

»Max, komm schnell nach unten!«, rief sie. »Ich weiß, wo Bello ist. Komm!«

So schnell war Max noch nie eine Treppe hinuntergerannt.

»Du weißt, wo Bello ist? Woher denn? Wo ist er?«, fragte er aufgeregt.

»Hier, lies!«, sagte sie und schob ihm die Zeitung hin.

»Wo denn? Was denn?«, fragte Max.

Sie nahm ihm die Zeitung wieder weg und sagte: »Ich erzähl es dir lieber, das geht schneller. Bello ist die Sensation im Zirkus Binotto! Hier steht die Meldung, dass gestern ein Mitarbeiter der Zeitung mit seinen Kindern die Vorstellung besuchte und dass dort ein sprechender Hund das Publikum verblüfft und fassungslos zurückgelassen hat. Die Meinungen sind geteilt, ob der Hund wirklich sprechen kann oder ob es sich um einen genialen Trick handelt. Dann steht noch da, der Hund habe nach einem gewissen Max gefragt.«

»Das war Bello! Er hat nach mir gefragt!«, rief Max.

Meike sagte: »Ich les es dir weiter vor: ›Das Publikum reagierte mit Unmut, als man daraufhin den Hund zum Schweigen brachte, indem man ihm das Mikrofon wegnahm. Der Lokalredakteur unserer Zeitung wird heute Abend dem Zirkus einen Besuch abstatten und ausführlich berichten: Sensation oder Trick! Die Direktion des Zirkus hat für morgen um zehn eine Pressekonferenz angesetzt. Sollte das Tier tatsächlich sprechen können, werden wir uns um ein Exklusiv-Interview mit dem Hund bemühen.‹«

»Ich muss sofort zu Bello!«, sagte Max.

»Fragt sich nur, wo ›zu Bello‹ ist!«, sagte Meike.

»Steht da nicht, wo dieser Zirkus ist?«, fragte Max.

»Nein«, sagte Meike. »Aber das werden wir gleich herausfinden. Guten Morgen, Schatz!«

Das »Guten Morgen« galt Onkel Astor, der gerade im Morgenrock in die Küche kam.

Onkel Astor gähnte, sagte »Guten Morgen, ihr beiden« und fragte: »Was wollt ihr denn herausfinden?«

Meike und Max erzählten abwechselnd und aufgeregt von der Zeitungsnachricht.

»Jetzt müssen wir nur noch rauskriegen, wo dieser Zirkus ist, dann gehe ich hin und hole Bello zurück«, sagte Max.

»Schaut doch mal unter ›Veranstaltungen‹ nach«, sagte Onkel Astor. »Vielleicht steht da, wo der Zirkus zu finden ist.«

Meike blätterte hastig die Zeitung durch. »Hier steht es!«, sagte sie. »Zirkus Binotto auf der Jahnwiese. Vorstellungsbeginn um zwanzig Uhr. Aber das ist unwichtig. Wichtig ist, dass wir noch heute Vormittag hinfahren. Ich weiß, wo die Jahnwiese ist. Zieh dich an, Max! Gleich nach dem Frühstück geht's los.«

Es dauerte dann doch noch eine Weile, bis Meike sich angezogen, wieder umgezogen, frisiert, geföhnt, geschminkt und mit Parfüm besprüht hatte. Als Max und Meike schließlich ins Auto stiegen, war es schon zwanzig nach elf. Kurz vor zwölf kamen sie bei der Jahnwiese an. Meike parkte den Wagen außerhalb des weißen Zauns, der das Zirkusgelände umschloss.

Einen kurzen Augenblick standen Meike und Max am Holztor und wussten nicht recht, wohin sie sich wenden sollten. Rechts neben dem Tor war das Kartenhäuschen, wo man die Tickets für die abendliche Vorstellung kaufen konnte. Eine Menge Leute standen davor. Als die beiden vorbeigingen, rief ein Mann: »He, Sie müssen sich hinten in der Schlange anstellen wie wir alle!«

»Wir wollen keine Karten kaufen«, sagte Max. »Wir holen hier nur jemanden ab.«

Max und Meike schoben das Tor einfach ein Stück auf und schlüpften hindurch. Sie gingen zwischen dem großen, runden Zirkuszelt und einem schmaleren, eckigen Zelt hindurch. Aus dem kleineren Zelt waren Tiergeräusche zu hören. Das Meckern von Ziegen und das Scharren von Pferdehufen. Hinter den beiden Zelten stand eine ganze Reihe von Wohnwagen.

Ein Mann kam auf sie zu. Er schob eine Schubkarre, die hoch mit Heu beladen war.

Meike rief: »Entschuldigen Sie! Hallo!«

Der Mann stellte die Schubkarre ab und fragte: »Ja? Was gibt's? Karten bekommen Sie vorne am Kartenhaus.«

Meike sagte: »Wir wollen keine Karten. Wir wollen zum Chef hier. Wo finden wir den?«

»Der Direktor wohnt dort im dritten Wagen«, sagte der Mann und zeigte auf einen der Wohnwagen.

»Danke«, sagte Meike. »Komm, Max, wir gehen dahin!«

Sie gingen zu dem Wagen, auf den der Mann gezeigt hatte, und klopften an die Tür.

Von drinnen hörten sie eine Mädchenstimme rufen: »Mama, es hat geklopft! Machst du auf?«

»Ich zieh mich gerade um. Mach du auf!«, antwortete eine Frauenstimme.

Ein Mädchen öffnete die Tür. Sie war ungefähr so alt wie Max, hatte ihre dunklen Haare mit einem hellroten Band zusammengeknotet und trug ein enges, schwarzes Trikot.

»Guten Tag«, sagte Meike.

Max sagte: »Hallo!«

»Hallo«, sagte auch das Mädchen. »Sie wollen bestimmt zu meinem Vater. Der ist bei den Pferden.«

»Vielleicht kannst du uns ja auch weiterhelfen«, sagte Meike. Sie zeigte auf Max. »Das hier ist Max …«

Weiter kam sie nicht, denn das Mädchen sprang mit einem Satz die drei Holzstufen herunter, die zur Tür des Wohnwagens führten. Sie reichte Max die Hand und sagte: »Hallo, Max. Bello hat viel von dir erzählt. Ich bin Paloma. Du willst sicher deinen Hund besuchen.«

»Du kennst Bello?«, fragte Max. »Er hat mit dir gesprochen?«

»Ja, wir haben uns oft unterhalten«, sagte sie und lachte.

Max sagte: »Ich will Bello nicht nur sehen, ich will ihn mitnehmen.«

»Das kann schwierig werden. Unser Dompteur wird ihn nicht gern zurückgeben«, sagte Paloma. »Gerade jetzt, wo doch morgen früh diese Pressekonferenz ist. Die ganzen Journalisten sind schon eingeladen. Er will ihnen doch den sprechenden Hund vorführen.«

»Was heißt ›nicht zurückgeben‹?« Meike mischte sich ins Gespräch. »Na hör mal, Kleine! Der Hund gehört Max. Natürlich wird der Dompteur den Hund seinem Besitzer zurückgeben. Wo ist Bello überhaupt?«

»Bei Edgar, unserem Dompteur, im Wohnwagen«, sagte das Mädchen. »Die letzten Tage war er dort drüben im Käfig eingesperrt. Aber seitdem er spricht, kriegt er wieder was zu fressen und darf auf dem Teppich schlafen.«

»In einen Käfig gesperrt?« Max war entsetzt.

»Weshalb sagst du, er bekommt wieder zu fressen?«, fragte Meike. »Habt ihr das Tier etwa hungern lassen?«

Paloma drehte sich um, ging die drei Stufen hinauf und schaute vorsichtig durch die offene Wagentür nach drinnen.

Dann zog sie leise die Tür von außen zu und zeigte den beiden durch eine Geste, dass sie ihr hinter den Wagen folgen sollten.

Dort sagte sie flüsternd: »Nein, Bello musste nicht hungern. Aber das darf keiner wissen, sonst kriege ich einen Riesenkrach. Ich hab ihn nämlich immer heimlich nachts gefüttert.«

»Das war lieb von dir«, sagte Max. »Aber warum hat Bello nichts zu fressen bekommen?«

»Der Dompteur wollte Bello zum Sprechen zwingen«, sagte Paloma. »Damit er ihn im Zirkus vorführen kann. Ihr habt vielleicht draußen gesehen, wie Bellos Auftritt gestern Abend eingeschlagen hat. Wir sind schon jetzt fast ausverkauft.«

»Es tut mir ja leid, dass ich euch Bello wegnehmen muss«, sagte Max. »Aber er gehört zu mir. Er ist mein bester Freund.«

»Zuerst hätte ich es ja auch gerne gehabt, dass Bello bei uns im Zirkus bleibt«, sagte Paloma. »Aber nachdem ich jetzt weiß, welche Pläne Papa und Edgar mit dem Hund haben, finde ich es besser, wenn er zu dir zurückkommt.«

»Welche Pläne denn?«, fragte Meike.

»Sie wollen den Zirkus schließen und mit Bello um die Welt reisen«, sagte Paloma.

»Um die Welt reisen?«, rief Max. »Wie gut, dass ich Bello endlich gefunden habe und mit nach Hause nehmen kann. In welchem Wagen wohnt denn dieser Dompteur?«

»Dort drüben.« Sie zeigte auf einen der Wagen. »Darf ich Bello vielleicht mal besuchen, wenn er wieder bei euch ist? Wir sind nämlich auch Freunde geworden, Bello und ich.«

»Du darfst jederzeit kommen«, sagte Meike. Sie fasste in ihre Jackentasche, zog eine Visitenkarte mit ihrer Adresse heraus und reichte sie Paloma. »Es muss aber in den nächsten Tagen sein. Max verbringt nur seine Ferien bei mir. Am Ende der Woche fährt er wieder zurück nach Babenberg.«

»Morgens muss ich immer auf dem Seil trainieren«, sagte Paloma. »Nachmittags habe ich meistens frei. Da klappt es vielleicht. Ich rufe vorher an.« Sie schaute auf die Visitenkarte. »Da steht ja die Telefonnummer.«

»Gibt es in eurem Wagen überhaupt ein Telefon?«, fragte Max.

»Sogar zwei!« Paloma lachte. »Das Mobiltelefon von Papa und das von Mama.« Sie wurde wieder ernst. »Dann holt ihr also jetzt meinen Freund Bello ab. Kommt auf jeden Fall noch mal mit ihm bei mir vorbei. Ich will mich von ihm verabschieden. Ich warte solange hier.«

»Danke«, sagte Max. »Danke für alles.«

Meike und Max gingen zum Wagen, den Paloma ihnen gezeigt hatte. Max klopfte an die Tür.

»Was ist los?«, fragte eine laute Männerstimme von drinnen. »Ich bin gerade beim Mittagessen. Wer ist da?«

»Mein Name ist Max«, fing Max gerade an, da wurde die Tür aufgerissen, ein Mann kam heraus und schloss sofort von außen ab.

»Max?«, fragte der Mann. Max erkannte ihn: Es war der Mann mit der roten Jacke, der sie im Zug belauscht hatte.

»Was willst du?«, fragte der Mann.

»Bello«, antwortete Max. »Ich will meinen Hund abholen.«

»Deinen Hund?«, fragte der Mann. »Da kann jeder kom-

men und behaupten, mein Hund gehöre ihm. Bello ist mein Hund. Er gehört mir. Er tritt hier im Zirkus auf, wie du wahrscheinlich erfahren hast.«

»Sie wissen ganz genau, dass Bello mir gehört. Sie haben uns zusammen im Zug gesehen!«, rief Max.

»Ich habe niemanden gesehen. Ich bin seit mindestens einem Jahr nicht mehr Zug gefahren«, sagte der Mann. »Und jetzt verschwinde, sonst lass ich dich und diese Frau hier von meinen Männern vom Gelände schaffen!«

»Sie lügen!«, rief Max. »Sie haben Bello entführt!«

Aus dem Wageninnern hörte man plötzlich lautes Hundebellen.

Der Dompteur wandte sich um und schrie: »Bello, sei still! Halt's Maul!«

Meike sagte: »Wenn Sie den Hund nicht sofort herausgeben, holen wir die Polizei!«

Der Mann lachte nur. »*Ich* werde die Polizei holen und Sie wegen Hausfriedensbruch anzeigen, wenn Sie nicht verschwinden!«, rief er. »Der Hund hat ja nicht mal eine Hundemarke.« Er wandte sich an Max: »Hast du denn irgendwelche Papiere, die beweisen, dass du der Besitzer bist? Hast du nicht! Stimmt's? Und jetzt hau ab, sonst kriegst du meine Hand zu spüren!« Damit ging er in den Wagen zurück und schloss die Tür von innen ab.

»So ein grober Mensch!«, schimpfte Meike. Sie fragte Max: »Er hat wahrscheinlich recht, oder? Du hast wirklich keine Besitzpapiere?«

»Nein«, sagte Max. »Was sollen wir jetzt nur machen?«

»Mir fällt im Moment keine Lösung ein«, sagte Meike. »Ich fürchte, wir werden zu Hause erst mal in Ruhe nachdenken müssen, was wir unternehmen können. Dieser Typ da drinnen hat Bello entführt. Vielleicht sollten wir den Hund einfach zurückentführen. Das wird allerdings schwierig. Jetzt, wo er weiß, dass wir ihm auf der Spur sind, bewacht er den Hund bestimmt noch strenger als bisher.«

»Das schaffen wir nie«, sagte Max. »Nie!«

Langsam und sehr niedergeschlagen machten sich die beiden auf den Rückweg.

Als sie bei Paloma ankamen, die hinter dem Wagen auf sie gewartet hatte, fragte sie: »Wo habt ihr Bello?«

»Dieser Edgar behauptet, Bello gehöre ihm. Er gibt ihn mir nicht zurück«, sagte Max.

»Ich hatte es mir fast gedacht.« Paloma legte Max tröstend die Hand auf den Arm. »Was willst du jetzt machen?«

»Ich weiß auch nicht«, sagte Max. »Danke jedenfalls, dass du dich um ihn gekümmert hast.«

»Du darfst uns gerne besuchen, auch wenn Bello nicht bei uns ist«, sagte Meike.

»Ja, gerne«, wiederholte Max. »Dann kannst du mir wenigstens erzählen, wie es ihm geht.«

»Das werde ich, Max«, sagte sie. »Wiedersehen. Mach's gut!«

»Wiedersehen«, antworteten Max und Meike fast gleichzeitig.

Die beiden machten sich auf den Weg zum Auto. Als sie den Zaun schon erreicht hatten, hielt Max plötzlich an.

»Was ist?«, fragte Meike. »Warum bleibst du stehen?«

»Mir kommt da gerade eine Idee«, sagte Max. »Das wäre vielleicht eine Möglichkeit. Warte auf mich, ich muss noch mal zu Paloma!«

Er rannte zurück. Paloma war gerade dabei, in ihren Wagen zu gehen, als Max näher kam.

»Paloma, warte«, rief er. »Ich weiß vielleicht einen Ausweg. Dabei bräuchte ich aber deine Hilfe.«

»Meine Hilfe kannst du kriegen«, sagte Paloma. Sie fasste Max am Arm und zog ihn mit sich, hinter den Wagen. »Du musst mir nur sagen, was ich tun soll.«

Max fragte: »Diese Zeitungsleute kommen also morgen um zehn?«

»Ja. Willst du da auch hin? Da kommt man, glaube ich, nur mit einem Presseausweis rein«, sagte Paloma. »Brauchst du dazu meine Hilfe?«

»Nein, nein. Du siehst doch Bello bestimmt heute Abend vor der Vorstellung, oder?«, fragte Max.

»Ja, klar«, sagte Paloma.

»Sag ihm, er soll im Zirkus wieder sprechen, wie gestern. Nicht, dass er so wütend über diesen Edgar ist, dass er schweigt.«

»Wenn du das willst, kann ich's ihm sagen.«

»Gut«, sagte Max. »Und kannst du Bello noch einmal heimlich in der Nacht füttern?«, fragte Max. »Das ist wichtig. Ich habe nämlich einen Plan.«

»Füttern? Ich glaube, das geht nicht. Bello schläft ja bei Edgar im Wagen. Wie sollte ich da hineinkommen? Außerdem kriegt er genug zu fressen. Ich muss ihn gar nicht füttern.«

»Schade. Du solltest ihm ja auch was ganz Besonderes geben«, sagte Max.

»Ein Lieblingsessen?«, fragte sie. »Ich kann es ja versuchen. Aber versprechen kann ich es nicht.«

»Können wir uns heute nach der Vorstellung treffen?«, fragte Max.

»Ja. Ich warte vorne am Zaun auf dich. Nicht neben dem Tor, sondern weiter von der Straße weg, damit mich niemand sieht. Bring das Bello-Fressen einfach mit, Max. Entweder es klappt und er freut sich über seine Lieblingsspeise oder es klappt eben nicht. Wegschütten kann man es immer noch.«

»Danke, Paloma. Ich werde kommen«, sagte Max. »Bis heute Abend!«

Max traf vor dem Auto wieder mit Meike zusammen.

»Meike, ich muss Paloma nach der Vorstellung noch mal sehen«, sagte er. »Du brauchst mich nicht zu fahren, ich kann auch zu Fuß hingehen.«

Meike guckte ihn verblüfft an. »Was meinst du mit ›nach der Vorstellung‹? Willst du etwa mitten in der Nacht hier hinauskommen?«

»Die Vorstellung ist um zehn Uhr vorbei«, sagte Max. »Das ist nicht mitten in der Nacht!«

»Und du willst mir nicht sagen, was du nachts im Zirkus machst?«, fragte Meike.

»Doch. Aber erst zu Hause, wenn Onkel Astor und Herr Melchior dabei sind«, antwortete Max. »Sonst muss ich alles zweimal erzählen.«

16.

Max hat einen Plan

Na, hat alles geklappt? Habt ihr den Hund wieder?«, fragte Onkel Astor, als Max und Meike im Haus ankamen.

Max schüttelte nur stumm den Kopf. Meike begann gleich zu schimpfen: »Dieser Verbrecher! Lügt uns frech ins Gesicht! So eine Unverschämtheit!«

Onkel Astor blickte sie irritiert an. »Von wem sprichst du, Schatz?«, fragte er.

Max und Meike erzählten abwechselnd, was sie im Zirkus erlebt hatten.

»Nicht zu fassen«, sagte Onkel Astor. »Und was das Schlimme dabei ist: Wenn Max keinerlei Papiere für den Hund hat, können wir nicht nachweisen, dass Bello ihm gehört. Da steht Aussage gegen Aussage. Und wie ihr mir diesen Dompteur geschildert habt, wird er bestimmt seine Männer dazu bringen, für ihn zu lügen. Sie werden behaupten, der Dompteur habe den Hund schon seit Jahren bei sich.«

»Was können wir nur machen?«, fragte Meike. Sie wandte sich an Max. »Vorhin hast du doch gesagt, du hättest einen Plan.«

»Ja«, sagte Max. »Dazu müssen wir aber Herrn Melchior holen. Der ist nämlich ganz wichtig dabei.«

Meike ging zur Turmzimmertür, öffnete sie und rief hinein: »Papa, könntest du mal kurz deine Forschungen unterbrechen und zu uns herunterkommen?«

Zuerst kam aber nur die kleine Katze aus der Tür, ging zielstrebig zur Küchenecke und blieb vorwurfsvoll maunzend vor der leeren Futterschüssel stehen.

Meike drehte sich um und rief: »Max, kannst du bitte mal der Katze was zu fressen geben?«

Sie wartete noch einen Augenblick, und da keine Antwort von ihrem Vater zu hören war, ging sie durch die Tür in den Turm. Hinter der Tür war Herrn Melchiors Labor. Auf dem Labortisch stand die Schüssel, auf die Herr Melchior das dicke Buch gelegt hatte. Darin war also das neu gemischte Elixier, von dem er erzählt hatte.

Da ihr Vater nicht im Labor war, stieg Meike die Wendeltreppe hoch zum mittleren Zimmer. Es sah noch chaotischer aus, als sie es in Erinnerung hatte. Die Papierstapel waren zum Teil in sich zusammengestürzt, eng beschriebene Blätter lagen über den Boden verstreut. Das war bestimmt das Werk der Katze gewesen, die sich zwischen den Papieren ihr Nest gebaut hatte.

Da Meike ihren Vater auch im mittleren Zimmer nicht antraf, rief sie: »Hallo, Papa? Bist du da oben?«, und stieg die Wendeltreppe weiter hoch. Aber auch im dritten Zimmer war er nicht.

Sie stieg die beiden Stockwerke wieder hinunter, ging in die Wohnung zurück und fragte: »Sag mal, Astor: Hast du Papa aus der Tür gehen sehen? Er ist nicht in seinem Turm.«

»Nein. Ich war die ganze Zeit hier im Zimmer«, sagte Onkel Astor. »Wenn er durch die Tür gekommen wäre, hätte ich ihn gesehen.«

»Aber wo ist er dann?«, fragte Max. »Er kann sich doch nicht in Luft aufgelöst haben.«

»Er ist nicht da. So viel steht fest«, sagte Meike. »Es ist nicht zu fassen: Jetzt, wo wir Bello gefunden haben, ist Papa verschwunden. Er kann ja wohl nicht auch entführt worden sein, oder?«

»Unsinn«, sagte Onkel Astor. »Ich hab euch doch gesagt, dass ich die ganze Zeit hier war. Kein Mensch kam durch die Tür. Weder er noch ein Entführer.«

»Aber wo ist er dann?«, fragte Max. »Ich brauche Herrn Melchior ganz dringend. Meinen Plan kann ich vergessen, wenn er nicht da ist.«

Noch während er das sagte, klopfte es an der verschlossenen Terrassentür. Draußen stand Herr Melchior mit einem Blumenstrauß in der Hand.

Meike öffnete. »Papa, jetzt musst du uns aber erzählen, wo du herkommst und wie du überhaupt hinausgekommen bist!«, sagte sie.

»Warum fragst du? Ich bin oben durch die Tür gegangen und die Außentreppe hinunter«, sagte Herr Melchior. »Gibt es ein Problem dabei?«

»Natürlich! Die Tür oben im ersten Stock!«, sagte Max. »Durch die sind Bello und ich damals in den Turm gekommen.«

»Aber Papa, die hast du doch seit Jahren nicht mehr benutzt«, sagte Meike.

»Heute habe ich es jedenfalls getan«, sagte Herr Melchior. »Man ist schneller im Wald von dort aus.«

»Was wolltest du denn im Wald?«, fragte Onkel Astor.

»Blumen pflücken«, sagte Herr Melchior.

»Blumen pflücken?«, wiederholte Meike. »Willst du plötzlich dein Arbeitszimmer mit einem Blumenstrauß schmücken?«

»Nein, die Blumen dienen rein wissenschaftlichen Zwecken«, sagte Herr Melchior. »Es handelt sich dabei nämlich um blaue Akeleien, botanischer Name Aquilegia vulgaris.«

»Der botanische Name interessiert mich, ehrlich gesagt, wenig. Mich interessiert mehr, weshalb du plötzlich deinen Turm verlässt und Blumen pflückst«, sagte Meike.

»Das kann ich erklären«, sagte Herr Melchior. »Mir ist nämlich heute Nacht etwas eingefallen.«

»Und was?«, fragte Max.

»Ich habe noch mal über das Rezept von diesem Elixier nachgedacht. Warum es bei der Katze so merkwürdig gewirkt hat. Sie hätte kein Tiger werden dürfen, sondern ein

Mensch wie Herr Benno. Wenn die Zusammensetzung richtig gewesen wäre! War sie aber wohl nicht.«

»Aber Sie haben doch selber gesagt, dass Sie Anthrazit mit Azurit verwechselt haben«, sagte Max.

»Sehr gut aufgepasst, Mark!«, sagte Herr Melchior. »Deshalb habe ich das Elixier auch noch mal neu angesetzt. Aber heute Nacht ist mir noch etwas eingefallen. Als ich das Elixier zum allerersten Mal gemischt hatte, vor vielen Jahrzehnten, damals bei deinem Urgroßvater, stand neben der Schüssel ein Blumenstrauß. Es waren Akeleien. Ich liebe blaue Blumen. In der Nacht, bevor ich dann der Hündin Bianca den Saft zu trinken gab und sie ein Mensch wurde, waren einige Blütenblätter abgefallen. Sie schwammen am Morgen in der Schüssel. Ich habe sie rausgefischt und weggeworfen.«

»Ja, und?«, fragte Meike.

»Die Akelei ist bekannt als Giftpflanze. Aber in starker Verdünnung dient ihr Extrakt als Medizin. Verdünnt ist ihr Gift also nicht gefährlich, sondern hilfreich. Nun habe ich mir heute Nacht überlegt, dass vielleicht genau diese Blütenblätter damals die entscheidende Zutat waren. Dass mir ein Zufall geholfen hat.«

»Ich verstehe. Und jetzt wollen Sie wieder ein paar Blüten in das Elixier werfen«, sagte Max.

»Das werde ich auf der Stelle tun«, sagte Herr Melchior.

Max sagte: »Können Sie erst kurz bei uns bleiben und mir zuhören? Ich habe nämlich einen Plan. Ich weiß nur nicht, ob ich es wagen soll oder nicht. Ihr alle müsst mir sagen, ob ich es tun soll.«

»Was willst du denn wagen?«, fragte Onkel Astor.

»Ich will Bello von dem blauen Saft trinken lassen, den Herr Melchior drüben in seinem Labor stehen hat«, sagte Max.

»Nicht bevor ich die Akeleiblüten hineingeworfen habe!«, sagte Herr Melchior.

»Ja, ja. Das soll sowieso erst heute Nacht sein«, sagte Max.

Meike war nicht begeistert. »Das wäre aber ziemlich wagemutig«, sagte sie.

»Du meinst, weil mich der Dompteur dabei erwischen könnte?«, fragte Max.

»Nein. Weil wir nicht wissen, was mein Vater da wieder zusammengebraut hat«, sagte Meike.

»Zusammengebraut!«, wiederholte Herr Melchior ärgerlich. »Du hast nicht viel Vertrauen in die alchemistischen Wissenschaften!«

Onkel Astor verteidigte Meike. »Wir haben vor ein paar Tagen ja gesehen, was die alchemistischen Wissenschaften angerichtet haben«, sagte er. »Eine Katze, die zum Tiger wird!«

»Genau. Beim letzten Mal hast du dem armen Bello grüne Haare und ein langes Ohr verpasst«, sagte Meike. »Und da sollen wir Vertrauen in deine Wissenschaften haben?«

»Immerhin hat mein Elixier bewirkt, dass Benno jetzt spricht«, verteidigte sich Herr Melchior.

Max fragte: »Wenn Bello von diesem neuen Elixier trinkt, kann es sein, dass er danach ein Riesenhund ist oder lila Haare und superlange Ohren hat?«

»Es kann auch ganz andere, noch nicht bekannte Wirkungen geben«, sagte Meike. »Der Hund könnte schrumpfen und ein Dackel werden. Er könnte seine Sprache verlieren …«

»Er könnte auch sterbenskrank werden«, sagte Onkel Astor. »Oder er könnte bissig sein und jeden anfallen, der ihm zu nahe kommt.«

»Oder er wird wieder ein Mensch«, sagte Herr Melchior. »Davon bin ich überzeugt.«

»Was soll ich also tun?«, fragte Max. »Was meint ihr? Soll ich es wagen?«

»Es ist höchst riskant«, sagte Onkel Astor. »Aber es ist die einzige Möglichkeit, deinen Freund Bello wiederzubekommen.«

»Ich würde es nicht wagen«, sagte Meike.

»Und was meinen Sie?«, fragte Max Herrn Melchior. »Soll ich es tun?«

»Auf jeden Fall. Ich werde gleich ein paar Blüten im Elixier schwimmen lassen«, antwortete Herr Melchior und verschwand mit seinem Strauß im Turm.

Als Paloma an diesem Nachmittag am Löwenkäfig vorbeiging, blieb sie überrascht stehen. Bello lag wieder im Stroh. Den Kopf hatte er zwischen die Vorderpfoten gesteckt.

»He, Bello«, rief sie. »Du bist im Käfig? Was ist los mit dir?«

Bello stand nicht auf. Er drehte nur den Kopf zu ihr hin und sagte: »Max war hier, ich hab ihn gehört. Aber er hat mich nicht mitgenommen. Er lässt mich bei diesem Edgar. Max wüll mich nicht mehr haben.«

»Das stimmt doch nicht!«, sagte Paloma. »Max wollte dich holen. Aber Edgar hat ihn weggejagt. Max will heute

Abend heimlich zu dir kommen. Er sagt, er hat einen Plan.«

Jetzt stand Bello auf und kam nah ans Gitter. »Er wüll mich bestimmt befreien«, sagte er.

Paloma nickte dem Hund aufmunternd zu. »Max sagt, du sollst heute Abend im Zirkus wieder sprechen.«

»Ich will nicht für diesen fiesen Edgar sprechen. Er hat Max weggejagt. Ich sage kein Wort!«

»Doch, du sollst sprechen. Das hat Max ausdrücklich gewünscht!«, sagte sie.

»Max hat es gewönscht? Warum denn?«

»Ich weiß auch nicht genau«, sagte Paloma. »Ich glaube, es hängt mit der Pressekonferenz morgen früh zusammen.«

»Na gut. Wenn Max es wönscht!«

»Leise! Sprich nicht mehr von Max!«, warnte ihn Paloma. »Da kommt Edgar!«

»He, Paloma! Bist du schon wieder beim Hund? Du brauchst ihn nicht zu füttern. Er hat heute Mittag schon sein Fressen gekriegt«, sagte Edgar, als er beim Käfig angelangt war.

»Warum haben Sie Bello wieder in den Käfig gesteckt?«, fragte Paloma.

»Weil er da sicher ist. Heute Morgen kam diese hysterische Frau mit dem verrückten Jungen an meinen Wagen und behauptete, mein Hund gehöre ihnen. Ich konnte sie kaum abwimmeln. Womöglich kommen die noch mal und wollen den Hund befreien. Da haben sie Pech gehabt. Der Käfig hier ist abgeschlossen und niemand kommt an den Schlüssel.«

Paloma, die wusste, dass der Junge alles andere als verrückt war, schaute den Dompteur böse an. Sie sagte aber nichts. Sie wollte ja nicht verraten, dass sie sich heimlich mit Max getroffen hatte.

Edgar wandte sich an Bello: »Wenn du heute Abend das Publikum begrüßt, wirst du diesmal nicht nach diesem Max fragen. Verstanden?«, sagte er.

»Nein«, antwortete Bello.

»Nein? Was heißt das?«, fragte Edgar. Seiner Stimme hörte man an, dass ihn Bellos Antwort beunruhigte.

»Ich werde überhaupt nicht sprechen«, sagte Bello.

»Aber Bello!«, rief Paloma.

Auch Edgar wurde laut. »Nicht sprechen?«

»Ja, nicht sprechen«, wiederholte Bello. »Ich werde nämlich singen.«

»Singen? Was denn singen?«, fragte Edgar. Er klang schon sehr erleichtert. Ein singender Hund war eine genauso große Sensation wie ein sprechender. Vielleicht sogar eine noch größere.

»Was willst du denn singen?«, fragte er noch einmal.

»Ein Lied«, sagte Bello.

»Welches Lied?«, fragte Edgar.

»Wirst du schon hören«, sagte Bello, ging vom Gitter weg und legte sich ganz hinten ins Stroh. Zum Zeichen, dass das Gespräch damit beendet war.

An diesem Abend war der Zirkus bis auf den letzten Platz besetzt. Sogar die teuren Karten für die ersten Reihen waren alle verkauft.

Als Bello, der sprechende Hund, angekündigt wurde,

spürte man die gespannte Erwartung des Publikums. Es war ganz still im Zelt.

Der Dompteur in seiner roten Jacke kam durch den Vorhang und trat in die Mitte der Manege. Ein Mikrofon wurde von oben heruntergelassen. Er verbeugte sich nach allen Seiten und sagte: »Bevor wir Ihnen nun Bello, den sprechenden Hund, vorstellen, muss ich Sie bitten, nicht zu fotografieren. Die anwesenden Journalisten haben morgen um zehn Uhr auf der Pressekonferenz Gelegenheit, Bello näher kennenzulernen und Bilder von ihm zu machen. Danke!«

Dann zeigte er auf den geschlossenen Vorhang und rief: »Begrüßen Sie nun Bello, den einzigen sprechenden Hund der Welt!«

Zwei Zirkusarbeiter in blauer Uniform zogen den Vorhang beiseite. Unter großem Beifall trat Bello auf, ging zum Podest, das man inzwischen hereingetragen hatte, und sprang hinauf. Vor ihm stand jetzt ein Mikrofonständer.

»Bello möchte Sie nun begrüßen«, rief der Dompteur.

»Nein, möchte er nicht«, sagte Bello in sein Mikrofon. »Bello möchte heute singen.«

Das Publikum klatschte.

Als es im Zirkus wieder still geworden war, fing Bello an zu singen. Nicht gerade melodisch, aber ziemlich laut:

»Edgar ist ein Hundeklauer,
Hunderäuber, Hundedieb!
Bello ist auf Edgar sauer,
doch Paloma, die ist lieb.«

Das Publikum lachte und spendete großen Applaus.

Edgar rief schnell: »Danke, danke, danke! Wie Sie hörten, ist Bello immer zu einem kleinen Scherz bereit. Danke!«

Während das Publikum wieder klatschte, sprang Bello vom Podest und lief schnell zum Ausgang.

Edgar, der merkte, was Bello vorhatte, rannte ihm nach und rief den beiden Arbeitern zu: »Haltet ihn! Schnell! Er will abhauen!«

Es gab ein Gerangel am Eingang, einer der Arbeiter warf sich über Bello und hielt ihn fest. Der andere kam seinem

Kollegen zu Hilfe. Edgar fasste Bello am Halsband. Zu dritt zogen sie Bello, der sich heftig wehrte, durch den Vorhang nach draußen.

Drinnen protestierte das Publikum.

Edgar war fuchsteufelswild. »Das wirst du mir büßen!«, schrie er Bello an. Den zwei Arbeitern befahl er: »Steckt das Tier sofort in seinen Käfig. Morgen bekommt der Hund zur Strafe nichts zu fressen.«

Dann ging er schnell zurück in die Manege und versuchte, das aufgebrachte Publikum zu beruhigen.

17.
Nächtliches Abenteuer

Max erzählt

Wie gut, dass wenigstens ein halber Mond schien. Vollmond wäre natürlich noch besser gewesen. Aber man kann nicht alles haben.

Meike hatte in einiger Entfernung vom Zirkus das Auto geparkt. Ganz nah wollte sie nicht heranfahren, sonst wäre das einsame Auto vielleicht aufgefallen. Ich wartete, bis die letzten Zuschauer das Zirkuszelt verlassen hatten und in ihren Autos weggefahren waren. Dann stieg ich aus. Beinahe hätte ich die kleine Flasche mit dem blauen Elixier auf dem Rücksitz vergessen.

Herr Melchior hatte sie mir am frühen Abend feierlich überreicht.

Meike hatte vorher ein leeres Ölfläschchen aus der Küche geholt, es mehrmals mit heißem Wasser ausgespült und ins Labor gebracht. Onkel Astor hatte zusammen mit Herrn Melchior die Schüssel mit dem Elixier vorsichtig gekippt, Meike hatte das Fläschchen festgehalten, ich den kleinen Trichter. Als die Flasche voll war, hatte ich sie fest verschlossen.

Nun ging ich also mit dem Elixier vorsichtig auf den Zirkuszaun zu und ein Stück daran entlang.

Wie dumm, dass Paloma und ich nicht genauer ausgemacht hatten, wo wir uns nach der Vorstellung treffen würden. »Weiter hinten am Zaun« – das ist nicht gerade sehr exakt. Auch »nach der Vorstellung« ist mehr als ungenau. Das konnte zehn Uhr, aber auch elf sein. Selbst Mitternacht war ja nach der Vorstellung.

Der Zaun umschloss das ganze Zirkusgelände. Ich ging immer weiter daran entlang, sehr langsam und vorsichtig, und stolperte trotzdem über irgendwelche Unebenheiten, die ich in der Dunkelheit nicht sehen konnte. Nach fast einer Viertelstunde kam ich wieder zu der Stelle, von der ich losgegangen war. Von Paloma keine Spur! Ob sie mich vergessen hatte? Vielleicht durfte sie nachts nicht mehr aus dem Wohnwagen?

Einen Augenblick stand ich unschlüssig neben der hölzernen Eingangstür und überlegte, ob ich erst mal zu Meike zurückgehen und zu ihr ins Auto steigen solle. Dann machte ich doch noch mal die Runde.

Nach ungefähr hundert Schritten glaubte ich hinter dem Zaun eine dunkle Gestalt zu erkennen. Ich blieb erst mal stehen. Ich konnte ja nicht wissen, wer das war.

Dann hörte ich eine leise Mädchenstimme: »Max?«

Es war Paloma. »Paloma! Da bist du ja endlich!«, rief ich.

»Doch nicht so laut!«, flüsterte sie. »Ich musste warten, bis meine Eltern weg waren.«

»Weg? Wo sind sie hin?«, fragte ich.

»Nur in die Stadt. In irgendein Restaurant«, sagte sie. »Komm mit zum Tor, ich lass dich rein.«

Wir gingen nebeneinander zum Tor. Sie auf der Innenseite des Zauns, ich auf der Außenseite. Das Tor war von innen verriegelt. Paloma zog den Riegel zurück und schob das Tor einen Spalt weit auf. Gerade so weit, dass ich durchschlüpfen konnte.

»Hast du das Spezialessen für Bello dabei?«, fragte sie.

»Hier!«, antwortete ich und zeigte ihr das Fläschchen. »Kein Spezialessen, sondern ein Spezialgetränk.«

»Was ist das?« Paloma war erstaunt. »Du willst Bello doch nicht etwa vergiften?«

»Wie kommst du auf so eine dumme Idee?«, fragte ich.

»War nur ein Witz«, sagte sie. »Du hast Glück. Du kannst mit Bello sprechen und ihm dein Spezialgetränk geben. Er schläft nicht bei Edgar im Wagen. Er ist wieder im Käfig, weil er so frech war.«

»Frech? Was meinst du damit?«, fragte ich.

Paloma kicherte. »Er hat in der Manege ein Spottlied auf Edgar gesungen.«

»Gesungen? Das kann ich mir gut vorstellen. Das hat er auch als Herr Bello gern gemacht«, sagte ich.

»Als Herr Bello? Wie meinst du das?«, fragte sie.

»Ich meine, er hat vorher schon gerne mal gesungen«, antwortete ich schnell.

»Danach wollte Bello auch noch abhauen«, erzählte sie, während wir weitergingen. »Aber sie haben ihn eingefangen.«

Gerade als wir zwischen dem Zirkuszelt und dem Tierzelt waren, hörten wir Schritte hinter uns.

»Komm schnell da rein«, flüsterte Paloma, fasste meine Hand und zog mich ins Tierzelt.

Draußen ging jemand leise singend vorbei. »Pssst! Das ist bestimmt einer von unseren Arbeitern, der aus der Kneipe kommt«, flüsterte sie mir ins Ohr.

Die Schritte wurden wieder leiser.

»Lass uns noch ein bisschen warten«, flüsterte Paloma. »Wir müssen sicher sein, dass er in seinem Wagen verschwunden ist.«

Dicht neben mir schnaubte ein Tier. »Wir sind hier bei den Pferden, oder?«, fragte ich flüsternd. Wir hielten uns immer noch an der Hand gefasst.

»Das neben dir ist Bonito«, sagte sie.

»Wie willst du den erkennen?«, fragte ich. »Hier drinnen ist es doch dunkel.«

Sie lachte leise. »Ich weiß eben, dass Bonito in der ersten Box rechts steht.«

Das Pferd schnaubte wieder und stieß mich mit dem Kopf an.

Sie ließ meine Hand los und tätschelte das Pferd. »Brav, Bonito! Ich bin's. Du kennst mich doch!«, sagte sie. »Und das ist Max.«

»Willst du ihn mal streicheln?«, fragte sie mich. Ohne eine Antwort abzuwarten, nahm sie meine Hand, führte sie zum Hals von Bonito. Das Pferd beugte sich zu mir, ich spürte seinen warmen Atem auf meinem Hals.

»Magst du auch Pferde so gern?«, fragte ich Paloma.

»Wen meinst du mit ›auch‹? Dich?«, fragte sie zurück.

»Ich kenne ein Mädchen, das ist ganz vernarrt in Pferde und ins Reiten«, sagte ich. »Sie heißt Selina.«

»Ist sie deine Freundin?«, fragte Paloma. Sie ließ meine Hand los.

»Nein, sie ist die Freundin von Niklas, einem Schulkameraden«, sagte ich. Merkwürdig: Während ich ihr das erzählte, spürte ich, dass es mir gar nichts mehr ausmachte. Mein Zimmer, unser Haus, Selina und Niklas – alles war so weit weg, so unwichtig, hier im dunklen Zelt.

»Ich glaube, wir können jetzt weitergehen«, flüsterte Paloma. Sie griff wieder nach meiner Hand und führte mich zum Zeltausgang.

Wir schlichen aus dem Pferdezelt, auf die Wohnwagen zu. Im schummrigen Mondlicht sahen sie aus wie flache, dunkle Kisten, die einen halben Meter über dem Boden schwebten. Nur in einem der Wagen war noch ein Fenster beleuchtet. Ich zeigte stumm darauf.

»Da drin wohnt Matthias, einer von unseren Musikern«, flüsterte Paloma. »Keine Gefahr!«

Leise gingen wir auf den Käfigwagen zu, in dem Bello gefangen war. Bello hatte mich wohl gewittert, denn plötzlich rief er laut und aufgeregt: »Max, Max! Max, du bist da! Holst du mich raus? Hier bin ich, hier bin ich!«

»Leise, Bello! Sei still«, flüsterte ich. Aber es war schon zu spät. Fast im selben Augenblick ging in Edgars Wagen das Licht an. Zwei Fenster warfen nun einen hellen Lichtschein über den Boden.

Ich konnte Bello gerade noch zuflüstern: »Ganz still! Verrat mich nicht!«, dann zog mich Paloma schon mit sich unter den Käfigwagen. Wir lagen auf dem Bauch und versuchten, uns so gut es ging hinter den Rädern zu verstecken.

Die Tür von Edgars Wagen wurde aufgerissen, Edgar kam heraus und ging sofort zum Käfig.

»Bello?«, fragte er. »Wer hat hier draußen herumgeschrien? Warst du das?«

Er leuchtete mit einer Taschenlampe in den Wagen. Wir hielten den Atem an, als sich der Schein der Lampe auf dem Boden abzeichnete. Von da unten aus konnten wir nur Edgars nackte Füße sehen, nicht mal zwei Handbreit von uns entfernt.

Bello gab keine Antwort. Vielleicht stellte er sich schlafend.

Edgar murmelte: »Muss mich wohl getäuscht haben.« Er drehte sich um, wir sahen es an seinen Füßen. Dann blieb er noch mal stehen. »Wehe, du benimmst dich morgen früh wieder daneben!«, drohte er Bello. »Dann kannst du was erleben!«

Endlich ging er zu seinem Wagen zurück, stieg die drei

Stufen hoch und verschwand im Innern. Allerdings hatte er wohl Verdacht geschöpft. Er ließ die Tür weit offen. Der Lichtstreif aus seinem Wagen reichte fast bis zum Käfig.

Ich kroch seitlich unter dem Wagen hervor. Sehr, sehr vorsichtig.

»Bello, hör gut zu«, flüsterte ich. »Du musst jetzt ganz leise sprechen. Hast du da drinnen einen Fressnapf oder so etwas Ähnliches?«

»Die Wasserschüssel«, flüsterte Bello zurück.

»Wo?« Ich konnte sie im Dunkeln natürlich nicht sehen.

»Hier«, antwortete Bello und schob die Schüssel mit der Schnauze an die Gitterstäbe. Es klirrte, als die Metallschüssel gegen die Stäbe stieß. Sofort wurde es ein wenig dunkler. Edgar war in der Tür erschienen, stand vor dem Lichtviereck und warf einen langen Schatten über den Boden.

»Bello, bist du das?«, rief er gedämpft. »Ist da jemand?«

»Ich bün gegen moine Schüssel gestochen, ich wollte sagen: gestoßen«, rief Bello aufgeregt.

»Ach so«, sagte Edgar. Er drehte sich um und ging in seinen Wagen zurück. Der Lichtstrahl aus der Tür wurde wieder heller.

Ich hatte mit angehaltenem Atem auf dem Boden gelegen. Jetzt stand ich schnell auf, fasste durch die Gitterstäbe und streichelte Bello.

»Ich kann dich leider nicht mitnehmen«, flüsterte ich dabei. »Edgar hat den Käfig abgeschlossen. Aber morgen bist du vielleicht frei. Du musst nur tun, was ich dir jetzt sage.«

»Was denn?«, flüsterte Bello.

»Ich schütte jetzt den blauen Saft von Herrn Melchior in deine Schüssel«, sagte ich und tat es.

»Werde ich dann auch eine Riesenkatze, wenn ich den trinke?«, fragte Bello.

»Nein. Es ist ein anderer Saft. Ein neuer«, flüsterte ich. »Trink ihn besser erst morgen früh.«

»Wenn ich aber heute Nacht Durst kriege?«, fragte Bello leise.

»Dann wirst du eben deinen Durst aushalten müssen«, sagte ich. »Das wirst du doch wohl schaffen!«

»Na gut. Morgen früh darf ich trinken«, flüsterte Bello. »Und wann sehen wir uns wieder?«

»Wenn alles gut geht: morgen«, flüsterte ich. »Und nun schlaf! Gute Nacht. Hoffentlich wird alles so, wie ich es mir wünsche.«

»Was wünschst du dir denn?«, wollte Bello wissen.

»Dass du dann keine Katze, sondern wieder Herr Bello

bist. Ich muss jetzt weg! Dieser Edgar kann jeden Augenblick wieder aus der Tür kommen.«

Paloma, die bis jetzt unter dem Wagen gelegen und uns zugehört hatte, kroch heraus, fasste meinen Arm und zog mich mit sich.

Als wir in sicherer Entfernung waren, fragte sie: »Was hast du da mit Bello ausgemacht? Was ist das für ein blauer Saft, den er noch nicht trinken soll? Warum glaubt er, dass er dann eine Katze wird?«

»Es ist so eine Art Verwandlungssaft«, erklärte ich ihr.

»Und weshalb nennst du ihn ›Herr‹ Bello?«, fragte sie.

»Weil er vielleicht, wenn er den Saft trinkt ...«, fing ich an.

»Psst!« Paloma unterbrach mich. »Ich glaube, da kommen meine Eltern zurück. Geh dort hinten herum, dann begegnet ihr euch nicht. Gute Nacht, Max.«

»Gute Nacht, Paloma. Du hast mir sehr geholfen«, flüsterte ich.

»Sehen wir uns jetzt nie mehr wieder?«, fragte sie.

»Ich hoffe, du kommst bei Meike vorbei, solange ich noch hier bin«, sagte ich. »Du hast ja ihre Adresse.«

»Gute Nacht«, flüsterte sie noch einmal und rannte leise und schnell zu ihrem Wagen.

Als ich bei Meike ankam, war sie im Auto eingeschlafen. Sie wurde wach, als ich die Seitentür öffnete.

»Ist alles gut gegangen?«, fragte sie, während sie den Motor startete.

»Das werden wir erst morgen früh wissen«, sagte ich.

18.

Die Befreiung

Am nächsten Morgen ließ Max sein Frühstück unberührt stehen.

»Entschuldige, Meike«, sagte er. »Aber ich bin so aufgeregt, ich kriege nicht einen Bissen runter.«

»Ich bin auch aufgeregt, aber Meikes Frühstück schmeckt mir trotzdem. Wie immer!«, sagte Onkel Astor.

Meike fragte: »Wie bekommen wir nur raus, ob Bello das Elixier schon getrunken hat? Und was dann mit ihm passiert ist?«

»Ganz einfach: Wir gehen hin und schauen nach«, sagte Max.

»Das ist keine gute Idee.« Meike schüttelte den Kopf. »Sie kennen jetzt mich und sie kennen dich. Wahrscheinlich lassen sie uns gar nicht rein oder sie verjagen uns gleich. Es gibt nur einen hier, den sie noch nie gesehen haben.«

Meike und Max blickten Onkel Astor an. Der tat so, als sei er nicht gemeint. »Ihr sprecht von Meikes Vater?«, fragte er.

»Nein, wir sprechen von dir, Astor«, sagte Meike.

Onkel Astor atmete tief durch. »Na gut. Wenn ihr meint,

dass ich da hingehen sollte, muss ich es wohl.« Er gab sich einen Ruck. »Und ich werde auch hingehen!«

Meike drückte seine Hand. »Ich wusste, dass du das für Max und mich tun würdest!«

»Und für Bello«, sagte Onkel Astor.

»Danke, Onkel Astor.« Max war erleichtert. Aber gleich machte er sich wieder Sorgen: »Wie kommt Onkel Astor so früh in den Zirkus? Meint ihr, sie lassen ihn einfach rein?«

»Hat Meike gestern nicht aus der Zeitung vorgelesen, dass dort heute Morgen eine Pressekonferenz stattfindet?«, fragte Onkel Astor.

»Ja, das stimmt«, sagte Meike.

»Und wann soll die sein?«, fragte Onkel Astor.

»Warte!«, rief Meike, holte die Zeitung aus dem Papierkorb, fand auch die Meldung und las vor: »Pressekonferenz um zehn Uhr!«

Onkel Astor blickte auf die Uhr. »Es ist Viertel nach acht. Macht euch fertig, in einer Viertelstunde geht's los! Meike fährt uns hin, ihr wartet im Auto, ich geh rein.«

»Aber dann bist du doch viel zu früh da«, sagte Max und Meike fragte: »Wie wirst du überhaupt reinkommen? Die fragen bestimmt nach einem Presseausweis.«

»Ich hab schon einen Plan«, sagte Onkel Astor. »Ich spreche sie einfach auf Französisch an. Sie werden mich für einen ausländischen Journalisten halten, der sogar in Frankreich vom Wunderhund gehört hat. Und wenn sie einen Presseausweis sehen wollen, zeige ich ihnen den alten französischen Ausweis von einem gewissen Gaston Proverville.« Er lachte. »Den habe ich nämlich aufgehoben. Die haben ja keine Ahnung, wie französische Presseausweise aussehen.«

Gegen neun Uhr am Morgen fingen einige Zirkusarbeiter an, ein kleines Podest in der Nähe von Bellos Käfig aufzubauen und es mit einem roten Teppich zu bedecken.

Edgar und Branco, der Direktor, standen dabei und überwachten die Arbeit.

»Und du meinst wirklich, dass es besser ist, den Hund hier der Presse vorzustellen?«, fragte Branco. »Warum nicht im Zirkus, in der Manege?«

»Das macht keinen guten Eindruck«, sagte Edgar. »Wenn zwanzig Journalisten kommen, was viel wäre, ist nicht mal die erste Reihe besetzt. Das wirkt nicht. Wenn wir hier draußen zwanzig Stühle aufstellen und den Hund dort auf dem Podest präsentieren, hat das einen viel größeren Effekt.«

»Du hast recht«, sagte Branco. Er rief den Arbeitern zu: »Holt mal gleich fünfundzwanzig Klappstühle aus dem Zirkus und stellt sie hier auf!«

Gemeinsam gingen Edgar und der Direktor dann zum Hundekäfig und schauten hinein. Bello schlief, lang gestreckt auf einem Strohhaufen.

»He, Hund! Wird Zeit, dass du langsam aufwachst!«, rief Edgar. »Bald kommen viele Leute, die dich sehen wollen.«

Bello stand auf, streckte sich und gähnte.

»Meinst du nicht, wir könnten ihn rausholen?«, fragte der Direktor. »Vielleicht sollten wir noch mal sein Fell bürsten. Er wirkt ein bisschen zerzaust.«

»Lassen wir ihn lieber da, wo er ist«, sagte Edgar. »Sonst müssen wir ständig aufpassen, dass er nicht wieder abhaut. Fünf vor zehn hol ich ihn.«

Die Arbeiter waren inzwischen dabei, die Klappstühle im Halbkreis um das Podest aufzustellen.

Vom Eingang her kamen zwei Männer. Der eine, in Uniform, war der Türwächter. Der andere trug eine groß karierte Jacke. Er war auffällig hager und hatte sehr schwarze Haare.

»Der Journalist hier kommt aus Frankreich«, sagte der Uniformierte. »Darf er schon rein?«

»Sie können sich schon mal auf einen der Stühle setzen«, sagte der Direktor.

»Merci bien«, antwortete der Fremde und setzte sich.

Im Käfig war Bello inzwischen steifbeinig aufgestanden. Er ging zu seiner Wasserschüssel und fing an zu trinken.

Edgar und der Direktor wandten ihm den Rücken zu, sie überwachten die Aufstellung der Stühle.

Als aus dem Käfig merkwürdige, unerklärliche Knackgeräusche ertönten, drehten sie sich um. Fast im selben Augenblick schrien beide entsetzt auf. Selbst Onkel Astor, der auf das Ereignis gefasst gewesen war, stieß einen Ausruf der Überraschung aus.

Im Käfig saß ein nackter Mann, betrachtete staunend seine Hände, bewegte voller Freude die Finger und schrie dabei: »Bello ist ein Mönsch! Bello hat Mönschenhände! Bello ist wieder Herr Bello!«

Edgar und der Direktor stürzten zum Käfig.

Fassungslos fragte Edgar: »Wie kommen Sie in den Käfig? Wer sind Sie? Wo ist der Hund?«

Der Direktor schrie die Arbeiter an: »Wer hat diesen Mann da reingelassen? Wer hat den Käfig aufgesperrt?«

Die Männer zuckten nur ratlos die Schultern und schauten staunend den fremden Mann im Käfig an.

Edgar fasste in seine Hosentasche und holte den Schlüssel heraus. Er rüttelte an der Käfigtür.

»Die Tür ist abgeschlossen. Nur ich habe den Schlüssel«, sagte er zum Direktor. »Es ist mir unerklärlich. Nicht zu fassen!«

Der Direktor fragte den nackten Mann noch einmal: »Wie kommen Sie in den Käfig?«

Herr Bello zeigte auf Edgar und rief: »Der da hat mich entführt. Er hat mich gepackt und in sein Auto geworfen. Und dann hat er mich hier in den Käfig gesperrt. Und er hat mir nichts zu essen gegeben!«

Onkel Astor war aufgestanden und zu den beiden gekommen.

»Was höre ich da?«, fragte er streng. »Sie haben diesen Mann entführt und in den Käfig gesperrt? Ist Ihnen klar, wie viele Jahre Gefängnis auf Menschenraub stehen?«

»Das … das stimmt doch nicht«, stotterte Edgar. »Ich habe nur einen Hund … also, wie soll ich sagen? Ich habe diesen Mann noch nie gesehen. Ich habe ihn nicht angerührt, das können Sie mir glauben!«

»Und wie kommt er dann in Ihren Käfig?«, fragte Onkel Astor. »Gleich kommen meine Kollegen von der Presse. Da sind bestimmt auch Damen dabei. Wollen Sie den Mann noch lange splitternackt da drinnen sitzen lassen? Das gibt einen Skandal!«

Edgar schloss hastig die Käfigtür auf.

Der Direktor rief Herrn Bello zu: »Bleiben Sie bitte noch einen Augenblick im Käfig, ich bringe Ihnen etwas zum Anziehen!«

Er rannte zu seinem Wagen und verschwand hinter der Tür. Kurz darauf kam er schon wieder heraus. Er hatte sein Clownskostüm über dem Arm.

»Hier«, sagte er, als er beim Käfig angelangt war. »Das sind leider die einzigen Kleider, die ich in der Eile finden konnte.«

»Besser als nüx«, sagte Herr Bello und schlüpfte ins Clownskostüm. Er kam aus der Käfigtür und blickte zufrieden an sich herunter. »Sieht söhr gut aus. Mönschenkleider!«

»Wie geht es jetzt weiter? Was machen wir mit ihm?«, fragte der Direktor.

»Wenn ich Ihnen einen Rat geben darf: Das Beste ist, Sie lassen ihn einfach gehen. Ich biete Ihnen an, diesen Herrn unauffällig in die Stadt zu begleiten. Natürlich nur, wenn er das möchte. Vielleicht enthüllt er mir ja sein Geheimnis. Sie können es dann in meiner Zeitung nachlesen.«

»Aber ich lese keine französischen Zeitungen«, sagte Edgar. »Ich hatte in der Schule nur Englisch.«

»Bedauerlich«, sagte der angebliche Journalist. Er wandte sich an Bello: »Würden Sie denn gerne mit mir in die Stadt gehen?«

»Klar, Onkel Astor«, sagte Herr Bello.

»Onkel Astor?«, fragte Edgar. »Was soll das heißen? Weshalb nennt er Sie Onkel?«

»Ich schätze, Ihr Entführungsopfer ist ein bisschen verwirrt«, sagte Onkel Astor. »Kein Wunder bei den Strapazen, denen er hier ausgesetzt war. Entscheiden Sie sich: Gleich kommen meine Kollegen von der Presse. Was glauben Sie, wie gern sie diese Geschichte aufgreifen und darüber berichten werden: Menschenraub im Zirkus Binotto!«

»Ja, dieser Edgar da hat mich geraubt«, bestätigte Herr Bello noch einmal.

»Nehmen Sie ihn mit!«, sagte der Direktor. »Obwohl ich immer noch nicht weiß, wie er in den Käfig kommen konnte und was er mit dem Hund gemacht hat.«

»Ja, nehmen Sie ihn mit!«, sagte auch Edgar.

»Na gut, wenn Sie mich so freundlich bitten«, sagte Onkel Astor. Er nickte Herrn Bello zu. »Dann wollen wir mal gehen.«

Nebeneinander gingen sie auf den Ausgang zu.

»Und was sagen wir jetzt den Journalisten?«, fragte der Direktor. »In einer Viertelstunde beginnt die Pressekonferenz.«

»Es bleibt uns nichts anderes übrig: Wir müssen sagen, der Hund sei auf unerklärliche Weise verschwunden. Vielleicht gestohlen«, sagte Edgar. »Er ist jedenfalls weg, so viel steht fest.«

»Vielleicht können sie gleich eine Suchanzeige in ihren Zeitungen aufgeben«, überlegte der Direktor. »Wer einem sprechenden Hund begegnet, soll ihn beim Zirkus Binotto abliefern.«

»Ich fürchte, darauf werden wir vergeblich warten«, sagte Edgar. Dann rief er den Arbeitern zu: »Was steht ihr noch hier herum? Ihr könnt das Podest wieder abbauen. Es ist ja kein Hund mehr da.«

Max und Meike mussten sehr lange im Auto warten.

Der Parkplatz um sie herum füllte sich. Als sie angekommen waren, war ihr Auto das einzige auf dem Platz gewesen. Nun parkten bestimmt schon zwanzig andere Autos neben ihrem. Die Nachricht vom sprechenden Hund hatte eine Menge Zeitungsleute zum Zirkus gelockt.

»Ich glaube, da kommt Onkel Astor!«, rief Max plötzlich.

Meike, die Musik gehört hatte und dabei ein wenig eingenickt war, schreckte hoch und schaute aus dem Seitenfenster.

»Ja, das ist er«, sagte sie. »Merkwürdig: Er hat einen Clown dabei!«

»Einen Clown?«, rief Max. »Siehst du es denn nicht: Das ist Herr Bello!«

»Ach, so sieht dein Herr Bello also aus«, sagte Meike. »Ich hab ihn mir dünner vorgestellt. Als Hund war er sehr viel schlanker.«

Natürlich, sie hatte Herrn Bello ja nie als Mensch erlebt. Sie kannte nur den Hund Bello.

Max riss die Autotür auf, sprang hinaus und lief den beiden entgegen.

»Herr Bello«, rief er. »Herr Bello, du bist wieder ein Mensch! Wie schön, wir haben dich wieder!«

Herr Bello rannte zu Max und umarmte ihn. »Ja, wir haben uns wieder. Herr Bello ist ein Mensch!«

»Da hat Herr Melchior diesmal das richtige Elixier gemischt«, sagte Max. »Es hat geklappt!«

»Sehr ganz hat es nücht geklappt«, sagte Herr Bello.

»Warum nicht? Du bist doch ein Mensch?«, fragte Max.

»Als Bello hatte ich doch grüne Pfoten«, fing Herr Bello an.

»Ja, das weiß ich«, sagte Max.

Herr Bello zeigte auf seine nackten Füße. »Und jetzt: Schau es dir an!«

Max blickte hinunter und musste unwillkürlich lachen. »Und jetzt hast du grüne Fußzehen!«, rief er.

»Ja, hab ich«, sagte Herr Bello.

»Mach dir nichts draus«, tröstete Max ihn. »Zu Hause ziehst du Socken und Schuhe an, dann weiß niemand außer uns, dass du grüne Füße hast!«

19.
Nach Hause

Max erzählt

Am nächsten Nachmittag kam Paloma zu Besuch. Ich hatte heimlich darauf gehofft, war aber dann doch überrascht, als es an Meikes Tür klingelte und Paloma draußen stand. Sie war mit dem Fahrrad gekommen.

»Mann, haben Sie eine große Wohnung!«, sagte sie zu Meike, als wir uns begrüßt hatten und im Wohnzimmer standen.

Mir kam Meikes Wohnung gar nicht besonders groß vor. Aber ich wohnte ja auch nicht zusammen mit meinen Eltern in einem Zirkuswagen.

Herr Bello hatte Palomas Stimme gehört und kam gleich aus meinem Zimmer gerannt, wo er auf seiner Luftmatratze gelegen und geschlafen hatte. Er sah ein wenig eigenartig aus, denn er trug jetzt einen abgelegten, altertümlichen Anzug, den ihm Herr Melchior geschenkt hatte. Da Herr Melchior fast einen Kopf kleiner war als Herr Bello, hörten Herrn Bellos Hosen kurz unterhalb der Knie auf.

»Paloma!«, rief Herr Bello, stürzte auf Paloma zu und wollte sie umarmen.

Paloma wich erschrocken einen Schritt zurück.

»Wer … wer sind Sie?«, fragte sie. »Woher wissen Sie, wie ich heiße?«

»Aber ich bin es doch! Bello! Du hast mich gestreichelt und mir zu fressen gegeben, ich wollte sagen: zu essen!«, rief er.

Paloma war so verwirrt, dass sie sich in einen der Sessel setzen musste.

»Ich soll Sie gestreichelt haben? Was reden Sie da?«, fragte sie und blickte Hilfe suchend zu Max. »Max, was meint der Mann?«

Ich nickte ihr zu. »Es stimmt, was er sagt. Darf ich vorstellen: Das ist Herr Bello, der ehemalige Hund Bello.«

Nun war sie völlig verwirrt. »Wollt ihr euch über mich lustig machen?«, fragte sie.

Herr Bello schüttelte den Kopf. »Jetzt sag ich dir was, das kann nur Paloma wissen und kann nur Bello wissen. Als ich dich im Käfig angerülpst habe, hast du gelacht. Du hast gesagt: ›Du musst dich nicht entscholdigen.‹ Stimmt's?«

»Es stimmt«, sagte sie. »Trotzdem verstehe ich gar nichts!«

»Im Fläschchen, das ich gestern Nacht dabeihatte, war eine Art Verwandlungssaft. Der hat aus einem Hund einen Menschen gemacht«, erklärte ich ihr.

»Jetzt verstehe ich, warum Bello so spurlos verschwunden ist. Wir haben das ganze Zirkusgelände nach ihm abgesucht. Aber keiner hat ihn gefunden«, sagte sie.

»Es tut mir leid, dass ich so schnell gegangen bin, ohne dir Auf Wiedersehen zu sagen«, sagte Herr Bello. »Aber ich hatte Angst, dass Edgar mich dabehalten wird.«

»Und mir tut es leid, dass ich eurem Zirkus die Sensation wegnehmen musste, den sprechenden Hund«, sagte ich.

»Woher hattest du diesen Verwandlungssaft?«, fragte sie.

»Mein Vater hat ihn erfunden und gemischt«, sagte Meike. Man hörte ihr an, wie stolz sie auf ihren Vater war. Dabei hatte sie vor einigen Tagen noch an seinen Fähigkeiten gezweifelt. »Aber das ist ein Geheimnis und soll es auch bleiben.«

»Darf ich wenigstens meinem Vater erzählen, was mit Bello passiert ist?«, fragte Paloma. »Er grübelt ständig darüber nach.«

»Na gut«, sagte ich. »Aber lass dir vorher fest versprechen, dass er nicht weitersagt, was du ihm erzählen wirst.«

Meike hatte inzwischen den Kuchen hereingebracht, den sie zu Herrn Bellos Empfang gebacken hatte.

Herr Melchior schien eine sehr feine Nase zu haben. Immer wenn es nach Kuchen duftete, kam er sofort aus seinem Turmzimmer. So auch jetzt. Ich stellte ihm Paloma vor.

Als dann auch Onkel Astor dazukam, saßen fast zu viele um den Glastisch. Wir mussten eng zusammenrücken.

Paloma erzählte vom Zirkus, ich erzählte von meinem Vater und unserer Apotheke, Herr Melchior erzählte von einer neuen Formel, die er angeblich entdeckt hatte und mit deren Hilfe man Gold in Blei verwandeln konnte.

»Meinen Sie nicht Blei in Gold?«, fragte Paloma.

Herr Melchior winkte abschätzig ab. »Blei in Gold, das hat man schon seit dem Mittelalter praktiziert«, sagte er. »Aber noch keiner ist auf die Idee gekommen, es umgekehrt zu versuchen.«

Meike und Onkel Astor erzählten nichts, sie saßen nur zufrieden dabei und hatten sich an der Hand gefasst wie ein junges Liebespaar.

Schließlich musste Paloma wieder gehen.

Herr Bello sagte: »Paloma, ich muss dir etwas mitgeben«, rannte aus dem Zimmer und kam gleich darauf mit dem Clownskostüm wieder. »Hier, bring das deinem Papa«, sagte er und drückte es Paloma in die Hand. »Vielen Dank, dass er es mir geliehen hat.«

»Mit dem Anzug, den du jetzt anhast …«, fing Paloma an, unterbrach sich und fragte: »Ich darf doch ›du‹ zu dir sagen, wie im Zirkus?«

»Du sollst es sogar«, antwortete Herr Bello. »Was ist mit meinem Anzug?«

»Ich sag es lieber nicht. Es ist zu frech.«

»Sag es!«

»Mit diesen Hosen könntest du auch als Clown auftreten«, sagte sie lachend.

Ich sagte schnell: »Wenn wir zu Hause sind, bekommt Herr Bello wieder seine alten Kleider.«

»Und wann seid ihr wieder zu Hause?«, fragte Paloma.

»Wir fahren morgen zurück«, sagte ich. »Darf ich dir schreiben? Sagst du mir deine Adresse?«

»Gib du mir lieber deine Adresse«, sagte Paloma. »Unser Zirkus ist nie lange an einem Ort. Ich glaube, wir ziehen bald weiter. Jetzt, nachdem es keinen sprechenden Hund mehr gibt.«

Ich schrieb ihr unsere Adresse auf einen Zettel.

»Schreibst du mir auch, Paloma?«, fragte Herr Bello.

»Du kannst doch gar nicht lesen«, sagte ich.

»Post krieg ich trotzdem gerne«, antwortete er. »Max kann es mir ja vorlesen.«

Von unserer Heimfahrt gibt es nicht viel zu erzählen. Onkel Astor und Meike hatten uns zum Zug begleitet. Mein Koffer war ein bisschen schwerer als auf der Hinfahrt. Jetzt musste ich ja zusätzlich zwei große Flaschen mit dem blauen Elixier nach Hause schleppen. Herr Melchior hatte es mir abgefüllt. Diesmal hatte er sogar das Rezept aufgeschrieben und es mir mitgegeben. Damit Papa zu Hause in seiner Apotheke den blauen Saft nachmischen konnte, wenn die Flaschen leer waren.

Herr Bello erregte ein bisschen Aufsehen, weil er im Zug plötzlich anfing, laut zu singen.

»Herr Bello, hör bitte auf damit«, sagte ich. »Das stört die anderen Fahrgäste.«

»Im Zirkus hat den Leuten mein Lied aber sehr gefallen«, sagte er. »Sie haben geklatscht und ›Bravo‹ gerufen!«

»Du hast wohl Lust, wieder im Zirkus aufzutreten und dort zu singen, damit du Beifall kriegst?«, fragte ich.

»Nein«, sagte er. »Aber Herr Bello wäre dann eine Weltsönsation: Herr Bello, der singende Mönsch!«

»Ich würde dir die Sönsation und den Beifall ja gönnen«, sagte ich. »Aber singende Menschen gibt es mehr als genug. Und einige wenige singen sogar noch schöner als du.«

Papa und Verena waren nicht richtig überrascht, als ich mit Herrn Bello zu Hause ankam. Schließlich hatte Onkel Astor schon mit ihnen telefoniert, ihnen von Bellos Verwandlung erzählt und unsere Rückkehr angekündigt.

Wir nutzten die Zeit bis zum Ende der Ferien, um Verenas ehemalige Wohnung im Dachgeschoss für Herrn Bello herzurichten. Wir hatten gemeinsam beschlossen, dass er da oben wohnen würde.

»Ich darf aber jeden Tag herunterkömmen und Max in seinem Zümmer besuchen?«, fragte Herr Bello.

»Du darfst es nicht nur, ich bitte sogar darum«, antwortete ich. »In meinem Zimmer gibt es bald etwas mehr Platz. Ich werde nämlich deinen Hundekorb auf den Dachboden tragen.«

»Aber die Hundedecke lässt du unten, ja?«, bat Herr Bello. »Ich rüche so gern daran. Rücht sehr gut!«

20.

Ein paar Tage später

Max erzählt weiter

Am ersten Schultag nach den Ferien traf ich Niklas wie üblich vor dem Haus. Wir gingen nebeneinanderher zur Schule und unterhielten uns.

»Was hast du denn während der Ferien gemacht?«, fragte Niklas.

»Ach, ich habe in einem Zirkus ein sehr hübsches Mädchen kennengelernt«, sagte ich möglichst beiläufig. Ich wollte ja nicht aufschneiden. »Sie arbeitet als Seiltänzerin.«

»Seiltänzerin? Ist das wahr?«, fragte Niklas. »Oder erzählst du mir Geschichten?«

»Wir haben uns nachts nach der Vorstellung heimlich im Zirkus getroffen. Das war echt gefährlich. Man hätte uns jede Sekunde entdecken können«, erzählte ich weiter.

»Mann, da hast du ja richtige Abenteuer erlebt«, sagte Niklas. »Meine Ferien waren ziemlich langweilig.«

Wir gingen weiter nebeneinanderher.

Nach einer Weile sagte Niklas: »Du erkundigst dich gar nicht nach Selina?«

»Ach, Selina, ja«, sagte ich. »Wie geht es ihr? Durfte sie endlich auf eurem Pferd reiten?«

»Sie hat ziemliches Pech gehabt«, sagte Niklas. Wir waren inzwischen bei der Schule angekommen. »Du wirst es ja sehen.«

Selina kam ein paar Minuten zu spät in die Klasse. Sie hatte ein großes Pflaster über der Nase.

»Selina, was ist denn mit dir passiert?«, fragte Frau Müller-Klessheim.

Die Antwort von Selina war kaum zu hören. Sie sprach ziemlich undeutlich.

»Wie bitte? Geschützt?«, fragte Frau Müller-Klessheim.

Selina wiederholte ihre Antwort. Genauso leise und undeutlich wie vorher.

»Ach, gestürzt! Du willst sagen, du bist gestürzt«, sagte Frau Müller-Klessheim.

Robert, der Selina besser verstanden hatte, übersetzte genüsslich: »Selina sagt, sie ist von einem Gaul gefallen und hat sich die Nase aufgeschlagen.«

Ich hätte ja jetzt schadenfroh sein und denken können: Das geschieht dir ganz recht!

Aber eigentlich tat sie mir sogar ein bisschen leid.

21.

Ein paar Wochen später

Max erzählt weiter

»He, Herr Bello! Komm runter zu mir! Wir haben Post«, schrie ich durchs Treppenhaus.

Herr Bello kam die Stufen heruntergepoltert.

»Wieder von Paloma?«, fragte er.

»Ja, von ihr«, sagte ich. »Ich les dir vor, was sie schreibt: ›Lieber Max, lieber Herr Bello‹ …«

»Dich hat sie lieber als mich«, sagte Herr Bello beleidigt.

»Wie kommst du auf die Idee?«, fragte ich.

»Sie hat erst deinen Namen geschrieben, dann meinen. Sie hat nicht geschrieben: ›Lieber Herr Bello und lieber Max‹!«, sagte Herr Bello.

»Das ist doch egal«, sagte ich. »Außerdem sind Paloma und ich ungefähr gleich alt. Es ist etwas anderes, ob man mit einem Gleichaltrigen befreundet ist oder mit einem Erwachsenen. Du bist so was wie ein Onkel für sie.«

»Aha, Max ist befroindet und Herr Bello ist ein Onkel!« Herr Bello war gekränkt.

»Soll ich weiter vorlesen oder bist du jetzt so beleidigt, dass dich Palomas Brief nicht mehr interessiert?«

»Weiter vorlesen«, sagte Herr Bello.

Ich fing noch mal an:

»Lieber Max, lieber Herr Bello, dies ist jetzt mein dritter Brief an Euch. Es ist wirklich doof, dass Max nicht zurückschreiben kann und ich gar nicht weiß, wie es Euch geht und ob Ihr noch an mich denkt. Aber das wird sich bald ändern. Unser Zirkus gastiert ab nächster Woche nämlich in Forchheim, das ist doch ganz in der Nähe von Euch und ich wäre traurig, wenn Ihr mich nicht besucht.

Ich muss Euch unbedingt von der neuen Clownsnummer erzählen, die sich Papa ausgedacht hat. Sie heißt ›Bello, der sprechende Hund‹.«

»Der spröchende Hund?«, rief Herr Bello. »Wollen die mir wieder Merkurialwasser zu trinken geben?«

»Nein, bestimmt nicht. Hör einfach zu!«, sagte ich und las weiter vor:

»Papa steht als Clown in der Manege und kündigt Bello, den sprechenden Hund, an. Dann kommt Edgar in einem Hundekostüm mit langen Schlabberohren herein und setzt sich auf ein Podest. Aber immer wenn er sprechen soll, sagt der Hund nur ›Wau!‹. Der Clown ist ganz sauer, weil der Hund nicht redet, und entschuldigt sich beim Publikum. Sobald der Clown dem Hund den Rücken zukehrt, spricht der Hund ganz schnell und viel. Wenn sich der Clown zum Hund dreht, ist der schlagartig still und guckt ganz unschuldig vor sich hin. Der Clown fragt den Hund, ob er gerade

gesprochen hat, und der antwortet nur ›Wau!‹. Das geht ein paarmal so, bis der Clown den Hund endlich beim Sprechen erwischt. Dann singt der Hund ein Spottlied über den dummen Clown. Die Nummer ist ein richtiger Erfolg und kommt klasse an. Die Leute lachen sehr.

Nun muss ich Schluss machen. Ich muss zum Seiltraining. Kommt Ihr? Besucht Ihr mich???

Herzliche Grüße – Eure Paloma.«

»Und ob wir kommen!«, sagte Max. »Dann seh ich Paloma zum ersten Mal auf dem Seil. Ich freu mich schon.«

»Und Herr Bello froit sich noch mehr«, sagte Herr Bello.

ENDE